우리 동네
당신

우리 동네 당신

초판 1쇄 펴냄 2014년 9월 11일
    2쇄 펴냄 2015년 12월 10일

지은이   쉰다섯 명의 동네 사람들
기 획   재미있는 느티나무 온가족 도서관

펴낸이   홍석근
편 집   김동관, 김슬지
디자인   이승호
일러스트 권혜정

펴낸곳   평사리 Common Life Books
신고번호 313-2004-172 (2004. 7. 1)
주 소   (121-896) 서울시 마포구 월드컵로 74 원천빌딩 6층
전 화   (02) 706-1970
팩 스   (02) 706-1971
www.commonlifebooks.com

ISBN 978-89-92241-58-8 (03810)

우리동네
당신

쉰다섯 명의 동네 사람들 지음

평사리

이 책은 어떻게 태어났을까?

이 책은 수수께끼 책입니다. 또한 이 책은 '시집'이며 '동네 사용설명서'입니다. 이 '수수께끼 시집'에 글을 쓴 사람들은 모두 동네사람입니다. 동네 사람들이 모여 만든 '동네 시집!' 멋지지 않나요?

사실 글쓰기란 여간 꺼려지는 일이 아닐 수 없습니다. 그런데도 직업으로 글 쓰는 사람이 아닌, 동네 사람들이 글을 쓰고 그걸 책으로 엮었다는 말에 다들 놀랍니다. 그것도 '시'를!!

우리 동네에서는 해마다 봄이 되면 "동네북콘서트"라는 이름으로 봄잔치를 합니다. 이 잔치에서는 동네 사람이 골고루 무대에 서서 다양한 공연을 합니다. 책을 재료 삼아 노래도 하고, 뮤지컬도 하고, 판소리도 하고, 책 낭송도 하고…… 관객석에서는 동네 이웃들이 모여 앉아 이 공연을 즐깁니다. 그렇게 '책'을 징검다리 삼아 '사람'을 만나고 '사람'이 모여 '동네'를 만들어갑니다.

올해 "동네북콘서트"의 '낭독 그리고 이웃의 발견' 주제는 '당신'이었습니다. '당신'을 주제로 각자 소중한 그 무엇을 글로 써서 낭송하는 겁니다.

지난해까지는 각자 선택한 책을 동네 사람들에게 낭송해주고, 그 책을 매개로 인터뷰를 하는 토크쇼 형식으로 진행했습니다. 그러다 올해는 과감하게 글쓰기를 시도했습니다.

무대에서 '당신'을 낭송하면 관객석에서 그 '당신'이 누구인지 맞추는 시간이었습니다. '당신'은 사람이거나 물건이거나 생각이거나 행동이거나 다 됩니다. 물론 글 안에서는 당신이 누구인지 절대 밝히지 않습니다. 그렇기 때문에 그간 만나고 놀았던 세월이 필요한 시간이고, 평소 잘 안다고 했던 이웃의 내면을 새롭게 이해하는 시간이기도 합니다. '아! 소중한 게 그거였구나!' 라고 글을 쓴 이웃을 다시 알아가는 시간이니까요.

봄잔치에서는 여섯 편의 글이 발표되었는데, 공연을 즐기는 관객을 보고 힘을 얻었습니다. 그래서 독서문화 프로그램 계발을 위한 지원사업에 이 행사를 다시 기획해 신청했습니다.

'힐링시네마! 달링 유!'라는 제목입니다. '영화 인문학'과 '글쓰기'를 접목해 '나' '타자' '세상' '관계' '소통' '동네' '이웃' 등의 주제를 되새겨 보고 그것들을 글로 쓰는 것입니다. 참여자들이 행복해했기에 용기를 얻어 동네로 확산해서 글쓰기를 진행했습니다. 동네 사람들 각자에게 숙제를 낸 겁니다. 여전히 글쓰기의 두려움 때문에, 혹은 너무 바쁜 일과 때문에, 이번에 글쓰기를 양보(⌣⌣)한 분도 있습니다. 그런 분들은 내년 '당신' 책의 원고를 쓰기로 약속했습니다. 잠깐이었지만 글을 쓰기 위한, 그것도 시를 쓰기 위한 고민으로 동네가 창작의 고통을 앓았습니다.

자신을 돌아보고, 자신을 보여주고, 남에게 귀 기울이고, 남을 바라보는 일. 참 아름다운 일입니다. 그 아름다운 일이 2013년 여름 첫 문을 열었습니다. 무더위와 찬 바람을 견디며 한 해를 기다려 나온 아름다운 책! 이제 이 책을 함께 읽고 '당신'은 누구였는지 맞추는 일만 남았습니다. 즐거운 숙제 아닐까요?

책 보는 법

- 시를 읽는다. 부담 없이.
- 지은이가 누군지 생각한다. 기억을 더듬어.
- 생각나는 대로 말을 떠올려 본다. 아무거나.
- 답이 너무 궁금하면 뒷장을 넘겨본다. 슬쩍.
- 답이 맞았을 땐 마구 기뻐한다. 눈치 볼 것 없이.
- 시를 다시 읽는다. 찬찬히.
- 답이 맞지 않았을 땐 다시 읽는다. 지은이를 떠올리며.
- 지은이와 시를 동시에 떠올리며 시의 뜻을 음미한다.
- 마지막으로 이웃을 생각한다.

별명과 지은이

차례 쪽을 보면, 지은이 이름 옆에 작은 글자가 붙어 있습니다. 이 글자는 동네에서 부르는 지은이의 별명입니다. 별명은 어른들에게만 붙입니다. 아이와 청소년들은 별명이 아닌 이름으로 불리고, 어른들은 아이와 청소년들에게 별명으로 불립니다. 물론 어른끼리도 별명으로 부르고 불립니다.

스스로 지어오는 별명도 있고, 동네 사람들이 지어주는 별명도 있습니다. 지은이가 가진 은근한 매력이 별명에 담겨 있답니다. 별명을 들으면 퍼뜩 그 사람이 생각납니다. 그래서 정작 이름은 잘 모르기도 하지요.

이런 게 조금 낯설겠지만 동네 안에서는 서로 '친구'로 이어주는 격 없는 문화랍니다. 서로 간에 첫 부름이 별명이다 보니 곧이어 훈훈한 정담이 오간답니다. 별명을 만들어서 불러보세요, 금세 익숙해집니다.

이 책 속에 수수께끼로 이루진 시들을 읽고 그 답을 찾으실 때, 지은이의 별명은 훌륭한 힌트를 숨겨두고 있답니다.

차례

이 책은 어떻게 태어났을까? 4

책 보는 법 7

별명과 지은이 8

당신1 … 김해근^{토란} 13

당신2 … 김미진^{솜사탕} 15

당신3 … 이상미^{아씨} 17

당신 4 … 김희옥^{다담이} 19

당신 5 … 나영명^{빵이} 21

당신 6 … 안윤수^{아직양파} 23

당신 7 … 안준근^{완두} 25

당신 8 … 황진하^{뎅이} 27

당신 9 … 최김재연^{깨굴} 29

당신 10 … 한지연^{소풍} 31

당신 11 … 박 현 33

당신 12 … 한명성^{수박} 35

당신 13 … 송홍섭^{꽃돼지} 37

당신 14 … 김도엽 39

당신 15 … 오미숙^{초록이} 41

당신 16 … 황경희^{여름} 43

당신 17 … 유인숙^{무지개} 45

당신 18 … 여수연^{여우비} 47

당신 19 … 이철국^{강아지똥} 49

당신 20 … 김병삼^{시바우} 51

당신 21 … 홍호택 53

당신 22 … 강현정^{소나무} 55

당신 23 … 김명희^{하늘} 57

당신 24 … 김준명^{뽕나무} 59

당신 25 … 이푸름^{새싹} 61

당신 26 … 권경진^{반달} 63

당신 27 … 권혜정^{풀잎} 65

당신 28 … 이현선 67

당신 29 … 김진이^{로켓단} 69

당신 30 … 성희경^{별소녀} 71

당신 31 ⋯ 조봉희^{멸치} 73

당신 32 ⋯ 최진혁 75

당신 33 ⋯ 김기선^{까만콩} 77

당신 34 ⋯ 정상영^{소라} 79

당신 35 ⋯ 정광태^{독도} 81

당신 36 ⋯ 권예강 83

당신 37 ⋯ 최난경^{하늘다람쥐} 85

당신 38 ⋯ 홍승택 87

당신 39 ⋯ 김도훈^{서랍} 89

당신 40 ⋯ 나희원 91

당신 41 ⋯ 문주영^{마이쭈} 93

당신 42 ⋯ 홍유준 95

당신 43 ⋯ 김최이안 97

당신 44 ⋯ 이승희^{시냇가} 99

당신 45 ⋯ 황유주^푸 101

당신 46 ⋯ 문용식^{꼼치} 104

당신 47 … 박민희^{지구별} 107

당신 48 … 수상한 수학 110

당신 49 … 백남석^{빵빵} 113

당신 50 … 장경환^{힘센이} 115

당신 51 … 김여정 117

당신 52 … 신지혜^{코알라} 119

당신 53 … 김용란^{보리} 121

당신 54 … 남영희^{구절초} 124

당신 55 … 노태진^{두바퀴} 126

당신 1

김해근

토란 · 이안 아빠

햇수로 22년,
단 하루도 빠짐없는 성장의 시간
당신을 다루는 나의 손길은
오늘도 서투른데,
이제는 미워지려니
수요일 하루만이라도 멈추어 주시게.

김해근 님의 별명은 '토란'입니다. 흙 속에서 꺼낸 알토란처럼 알차게 영근 열매를 닮았습니다. 행신동 초등대안학교 '고양우리학교'에 아들 '이안'이를 보내고 있습니다. 고양우리학교가 처음 시작할 때부터 함께 했으니 벌써 5년째입니다. 도서관 조합원으로도 활동하는데, 컴퓨터와 기계에 약한 도서관 운영진의 구원투수입니다. 일터가 강남에 있어서 고양시로 오기까지 시간이 꽤 걸리지만, 도서관의 컴퓨터에 문제가 생겼을 때는 퇴근의 피곤함을 접어두고 늦은 밤이라도 서둘러 달려옵니다. 요리하는 걸 즐겨 해서 레시피를 손으로 적어가며 부엌에서 가족의 식사를 마련하는 따뜻한 아빠이며, 동네 잔치에서는 음식 담당으로서 설거지부터 음식 차리기까지 깔끔하게 척척 해냅니다. '토란'의 당신은 누구일까요? 봄수

14 우리 동네 당신

당신 2

김미진

솜사탕 · 진혁과 민서 엄마

당신이 내 마음 속에 들어오는 게 싫습니다.
모든 걸 멈추게 하기 때문에……
하지만 당신을 즐길 수 있을 때
내가 더 단단해진다는 걸 알기에
아린 가슴 잡고 당신을 맞이합니다.

김미진 님은 매사 즐거운 사람입니다. 물론 즐겁지 않은 일도 있겠지만 그 얼굴을 보면 잘 느껴지지 않습니다. 유머 감각은 워낙 천부적으로 타고났고, 귀여운 능청스러움도 있습니다. 그런 그에게 별명 '솜사탕'은 두말할 나위 없이 잘 어울리는 이름입니다.^^ 그의 일터는 동네에 있는데, 엄마들의 모유 수유를 돕는 상품 유통회사 '모유수유클럽'입니다. 그곳은 '솜사탕'이 운영하는 회사입니다. 모유 수유에 관한 일이라 그런지 직원이 주로 여성들입니다. 여성들이 일의 재미를 느낄 수 있는 공간으로 만들고자 하는데 쉽지 않다고 하네요. '모유수유클럽'이 직원들에게 직장 그 이상을 넘는 공동체 공간이 되도록 하는 게 꿈이라고 합니다. 달콤한 '솜사탕'의 당신은 누구일까요? 움^바쿠

당신 3

이상미

아씨 · 하영과 하윤과 상원 엄마

도심 속에 함께 하고 있지만 자연 같은 당신
마주하고 있으면 내 마음 고요하게 만드는 당신
화려하지 않은 모습에 빛남을 지닌 당신
말하지 않아도 내 마음 읽어내주는 당신
나지막한 목소리로 말하지만
그 속에 빠져들게 하는 당신
당신을 알게 되어 기쁘고 행복합니다.

이상미 님 별명은 '아씨'입니다. 세 아이의 엄마라는 게 믿어지지 않을 만큼 곱습니다. 그래서 '아씨'입니다. 또 '작은아씨들'에 나오는 그 아씨들 분위기가 물씬 나서 모임에서 별명을 그렇게 지었습니다. 눈물이 많고 정이 많고 착하고…….'사진아 시가 되어라'라는 강좌를 열었을 때는 시를 낭독하는 순간에도 눈물이 쏟아져 시를 제대로 못 읽을 정도로 눈물샘이 충만합니다. 가느다란 몸매를 가지고 있어서 연약해 보이지만, 도서관에서 모임을 할 때면 한가득 담긴 설거지 통을 들고 어느 사이 뚝딱 해치우는 씩씩함과 부지런함을 고루 갖추었습니다. 궂은일을 마다하지 않아 몸이 피곤할 수도 있을 텐데 그런 내색도 안 합니다. 언제나 갓 시집 온 사람 같은 '아씨'의 당신은 누구일까요? 도사관 지혜의 시밧터

당신 4

김희옥
다담이

상냥 없이
무뚝뚝…….
오로지
배짱으로 5년.

웃기를 해…….
수다를 해…….
살갑기를 해…….
찌들어서 아무것도 안 나와.

하지만 독하게 변해간 나를
바꾸어 놓은 당신.

당신이 찾아와
토닥토닥 노는 걸 볼 때마다
지랄 같던 내 삶이 야속했어.

이젠,
그런 당신 보면서
꼬이고 꼬인 내 삶을 풀어내고 있지.
덕분에 당신의 웃음 밥상에 수저하나 올리고
함께 하려 하네.

김희옥 님은 동네 사람들이 모임을 끝내고 찾아가는 5년 된 뒷풀이 단
골 주점 주인장입니다. 별명이 '다담이'인 건 그곳 이름이 '다담이'이기
때문입니다. '모두 다 담아내는 곳'이라는 의미에서 다담이라는데, 동네
와 참 잘 맞는 이름인 것 같습니다. 자잘한 동네 잔치뿐만 아니라 여러
행사도 많아 모임과 회의가 잦은데, 아주 늦게 찾아갈 때도, 혹은 늦게
까지 앉아 있어도 짜증 한 번 내지 않고 '쿨~~'하게 대접해 주십니다.
동네 행사 홍보지를 붙여달라고 부탁드리면 언제나 '오케이~~'하는
시원함! 벼룩시장 해야 하는데 장소 없어 동동거리면 선뜻 무료로 가게
내주시는 화끈함! 삶의 굴곡이 많아 풀어낼 한이 많으니 나중에 소설로
써 달라고, 그것도 삼류소설(^^)로 써 달라 부탁하셨습니다. 작가가 꿈
인 사람이거나, 현재 작가인 분은 '다담이'님 가슴 속에 담아둔 이야기
를 꼭 풀어내 주시길……. 동네 사람 희노애락을 다 담아주는 '다담이'
의 당신은 누구일까요? 남순

당신 5

나영명

팽이 · 희원 아빠

나는 언제나 내 길 위에서 바빴습니다.
언제나 따뜻한 바람이 불어주기만을 바랬습니다.
움직이는 손길마다 주렁주렁 열매가 맺히는 꿈을
꾸었습니다.
그러나, 나는 그저 서 있기만 했습니다.
움직인 것은 당신이었습니다.
나는 늘 능선을 올랐습니다.
하늘에 더 가까워지기 위해 뒤돌아보지 않았습니다.
눈길조차 제대로 주지 않고 그냥 스쳐 지났습니다.
그러나, 나는 바람조차 제대로 느끼지 못했습니다.
세상의 한복판에 있었던 것은 당신이었습니다.
언제나 나는 선을 긋고 있었습니다.
눈에 들어오지 않는 모든 것을 원망하였습니다.
제 모습을 온전히 드러낼 때까지
기다리지도 못했습니다.
그러나, 나는 밥상 한번 정성껏 차리지 못했습니다.
내게 모든 것을 차려준 것은 당신이었습니다.

21

다시는 살 수 없는 단 한 번뿐인 세상에서
당신을 만났습니다.
당신에게서 더 배우겠습니다.
당신과 함께 누리겠습니다.
대지는 온몸으로 꽃을 피워 올리고
자신을 비운 봄바람은 너무나 부드럽습니다.

나영명 님은 일주일 중 하루 짬을 내어 가족이 있는 행신동 집으로 돌아옵니다. 나머지 날들은 전국 곳곳을 찾아다니며 일터에서 삽니다. 얼음 위를 힘차게 돌아가는 '팽이'라는 별명은 그에게 아주 딱 맞게 어울리죠. 사무실에서 불편한 쪽잠을 자는 그의 일터는 전국보건의료산업노동조합입니다. 일터가 그렇게 요구한 것도 아닌데, 국민의 건강한 삶을 위해 늘 밖에서 씩씩하게 일하는 그를, 식구들도 10여 년째 묵묵히 그리고 씩씩하게 기다려줍니다. 도서관 조합원으로서 동네를 응원하고 있는 그는 건강하게 나이 먹은 후, 딸 희원이가 시집가서 아이 낳으면 손수 산후조리 해주고 손주들도 다 키워줄 거라는 꿈도 있습니다. '팽이'의 당신은 누구일까요? 내어

당신 6

안윤수

아양(아직 양파)·경훈과 기훈 엄마

당신에게 나는 물음표
뭐라고 정의할 수 없는 한 단어

당신은 나의 마침표
무어라 분명히 하고 싶은 당신과 내 관계

당신은 나의 느낌표
나를 드러내고 알리고 싶은 열망이 스물스물······
당신은 나의 쉼표
수많은 경직된 관계들 속에
위로도 아래로도
향하지 않는 수평적 이름

당신은 나의 점점점(···)
미완성이 주는 긴장과 완성되지 않는
너를 보는 설레임
일말의 여지를 남기는 므흣함

안윤수 님은 아직 별명이 결정 되지 않았습니다. 별명으로 선택할 만한 특징이 없어서가 아니라 그 반대입니다. 장점들이 오히려 무척 많습니다. 그 좋은 점들을 한 단어로 찾아내지 못해서, 까도 까도 하얗게 속살을 드러내는 양파 같아서, 그러나 딱히 '양파'라고 하기에는 뭔가 덜 담아낸 것 같아서 '아직 양파'입니다. 다른 사람 이야기를 귀 기울여 잘 들어주는 그를 사람들은 좋아합니다. 젊은 시절 광고계에서 일했다던데 그래서 그런지 감각이 뛰어납니다. 엄마들 모임은 주로 오전에 있는데, 얼마나 부지런한지 남들은 애들 학교 보내고 시간 맞춰 오기도 바쁜데 여러 사람 먹을 도시락을 싸 가지고 옵니다. 그런 날에는 모두 소풍 온 기분을 한껏 즐깁니다. 도서관에서 수학 동아리 활동과 다양한 인문학 강좌를 열심히 들으시는 '아직 양파'. 그를 도서관에서 혹은 동네에서 만나시거든 뚫어져라 살펴보시고 딱 맞는 별명하나 지어주시길……. '아직 양파' 님의 당신은 누구일까요? 방법

당신 7

안준근

완두 · 수빈과 서현 아빠

말을 할 수도
쳐다볼 수도 없는
언제 보아도
가슴 뛰는 당신

시간이 흘러도
아름다움이 변해도
언제 보아도
가슴 뛰는 당신

내게 당신이란 존재는 사랑입니다.

안준근 님은 행신동 초등대안학교 '고양우리학교'에 큰딸 수빈이를 보내고 있습니다. 대안학교에 다니는 딸 수빈이 덕분에 동네 공동체살이를 처음하는데, 아주 열심히 참여하고 있습니다. 집이 도서관에서 조금 떨어져 있어 한참을 와야 하는데도, 늘 옆에 사는 사람처럼 스르륵 어느새 와 있습니다. 차분한 목소리로, 따끈따끈한 눈빛으로 수빈이와 이야기 나누는데, 수빈이는 그런 아빠를 세상 둘도 없는 친구라 합니다. 도서관이 시끄러울 때도 아무 말 없이 묵묵히 책 읽는 '완두'의 모습이 궁금하시다면 수요일 오후에 도서관으로 오세요. 계란 두 묶음을 들고 있는 그를 만날 수 있습니다. 도서관에서는 음악 듣고 뛰노는 자유로운 닭들이 나은 계란을 공동구매해서 먹는데, 격주 수요일에 도착하거든요. 아내 대신 식재료도 챙기는 자상한 살림꾼 '완두'의 당신은 누구일까요? 아내-수빈 엄마

당신 8

황진하

덩이 · 금비 아빠

'내' 몸과 생각의 굴레를 잊게 하는 당신
의자 옆 빈자리가 있으면 생각나는 당신
옆에서 함께 바라보기만 해도 행복한 나와 당신

바람에 흔들리는 나뭇가지처럼,
존재의 의미가 흔들릴 때,
당신은 마음을 지탱해주는 '뿌리'가 된다.
마음이 외로울 때,
당신의 존재로만으로도 '둥지'가 된다.
기쁜 일이 생겼을 때,
당신과 함께 웃으면서 행복한 '얼굴'이 된다.

어려운 난관에 봉착했을 때,
당신의 말과 글을 통해
어려운 난관을 헤쳐 나갈 수 있는 심장을 얻는다.
하염없이 멍하니 하늘을 보고 있을 때,
들려오는 당신의 소리가

나를 현재, 지금으로 돌아오게 한다.
나는 무엇을 해야 할지, 나의 꿈은 무엇일까?
방황할 때,
당신으로 인해 나의 꿈은 더욱 선명해지고 위대해
진다.

삶이 나를 위해 살아가는가?
당신을 위해 살아가는가?
당신의 존재만으로도 삶의 의미와 가치가 달라진다.
'내'가 아닌 당신을 위해 살아가는 삶은
항상 심장과 눈이 요동친다.
좋은 인연은 잊혀진 얼굴처럼
늘 당신의 모습으로 기억된다.

황진하 님은 행신동 공동육아 공동체 '도토리어린이집'에 딸 금비를 보
내고 있습니다. 아내인 지구별을 특별히 소중하게 여기고 그 사실을 자
랑스럽게 말하는 애처가입니다. '건축사'이며 '문화재 실측설계 기술
자'인 그의 별명은 '덩이'입니다. '덩어리'의 줄임말인데, 덩이의 모습은
모가 나지 않은 동그라미가 떠오릅니다. '볕터 건축' 대표로서 삶과 '공
간'의 의미를 특별히 여기는 '덩이'의 당신은 누구일까요? 코!!♡

당신 9

최김재연

깨굴 · 이안 엄마

동그란 너의 얼굴로
차가운 너의 얼굴로
하지만 뜨거운 울림으로
그렇게 내 심장을 뛰게 해

숨어서 강하게
없는 듯 듬직하게
흔들림을 아름다움으로
그렇게 내 심장을 뛰게 해

깊은 동굴 속 바람소리로
뱃속에서 듣던 엄마의 숨소리로
찢어지는 하늘의 눈물소리로
그렇게 내 심장을 터뜨려

당신은
그렇게 날 살아 있게 해

최김재연 님은 행신동 초등대안학교 '고양우리학교'에 아들 '이안'을 보내고 있습니다. 경기도 도의원인데 전혀 의원 티가 나지 않는 자유인입니다. '깨굴'이라는 별명은 그냥 개구리가 아니라 아마도 청개구리 아닐까 싶습니다.^^ 하지만 일 하나는 '똑' 소리 나게 잘합니다. 동네 일이라면 바람처럼 나타나 휘리릭 깔끔하게 해치우지요. 한때 '기적의 도서관' 프로젝트에도 참여했는데, 지금은 도서관 조합원으로 활동하며 맥을 이어가고 있습니다. 얼마 전 이사를 했는데, 이사하면서 거실을 카페처럼 바꾸었습니다. 자잘한 살림살이 이리저리 다 치우고 여럿이 둘러 앉을 큰 탁자 들여놓고 이웃 초대하기를 즐깁니다. 동네밴드 '봄날은 온다'에서 활약을 펼치고 있는 '깨굴'의 당신은 누구일까요? 탑크

당신 10

한지연

소풍 · 연희와 준희 엄마

당신 삶의 시작은 나무에서였습니다.
당신은 새로운 꿈 또는 의무를 향해
다른 형태가 되어
몇 년을 기다립니다.
어둡고 눅눅한 그 곳에서
이제
세상 밖으로 나와
당신은 당신의 꿈 또는 의무가
무엇인지 알았습니다.
그리고 다시 당신의 시작인
나무로 되돌아왔습니다.
참으로 길고도 긴 시간을
당신은 인내와 운으로 그 시간을 잘 견디었습니다.
밤이건 낮이건 가리지 않고
그 누구의 소리도 염두에 두지 않고
당신은 고성방가를 일삼아왔습니다.
당신의 고성방가가 확률 50%에도 미치지 못하는

짝짓기를 위한 것이라니!!!
짧다면 짧고 길다면 긴 생……
혹자는 덧없는 삶이라 말하지만
당신은 당신 삶에 최선을 다하고 있다는 것을
당신의 고성방가에 귀를 막는
내 아이에게 말해 줍니다.
그리고
나에게 말합니다.
그릇되지 않게
내 삶을 즐기면서 최선을 다하자고……
당신은 내게 가르침을 준 여름손님입니다.

한지연 님은 눈이 크고 맑은 예쁜 두 딸, 연희와 준희 엄마입니다. 소녀 같은 감성을 가지고 있고 그 감성을 북아트 수업에서 솜씨 좋게 발휘하고 있어서 모두 깜짝 놀랐습니다. 수상한 수학 모임에서 함께 공부하고 도서관 행사에 다양하게 참여하며 자리를 빛내줍니다. 별명을 '소풍'이라고 한 건 그 나들이가 '행복'을 떠올리게 해서랍니다. 두 딸의 눈이 큰 건 엄마인 '소풍'을 닮았기 때문인데, 감성 수업을 할 때면 어김없이 눈물주머니를 터뜨립니다. '소풍'의 당신은 누구일까요? [미애]

당신 11

내가 어디서 무얼 하는지 늘 걱정해주는 당신
내가 집에 있든 없든 늘 밥을 해 놓는 당신
내가 어떤 실수를 해도 너그럽게 용서해주는 당신
나를 위해 용돈을 주고
그 돈이 자신의 용돈보다 많은 당신
나를 누구보다 아껴주고 사랑해주는 당신

박현 님은 행신동 서정고등학교에 다닙니다. '청춘'의 고단함, 삐딱함, 의로움, 나른함을 고루 표현하며 건강하게 청소년기를 발산하고 있습니다. 동네 행사가 있을 때마다 친구들과 함께 와서 있는 듯 없는 듯 자리를 함께 하지요.^^ 아이돌처럼 멋진 외모를 가진 박현 님의 '당신'은 누구일까요? 뉘마음

당신 12

한명성

수박 · 정헌과 정민 아빠

지혜로운 눈매

단정한 입술

금빛 감도는 단아하고 위엄 있는 당신을 보는 순간,

저항할 수 없는 운명적인 사랑에 빠졌습니다.

마침내 당신이 내게로 왔을 때

세상살이의 든든함에 힘이 났지요.

뛰어난 작가보다 현명한 어머니가 되고 싶었던 당신

훌륭하게 자라난 아들을 보며, 여성의 가장 존귀

한 이름이 어머니라는 것을 깨닫습니다.

고달픈 인생길,

힘들고 지칠 때마다 당신을 떠올립니다.

당신이 있다는 것이

나에게, 우리 가정에 얼마나 큰 위안이 되는

지……

당신과 함께 있으면 언제 어디서나 빛나는 내 모습
당당한 내 모습,
호탕한 내 모습,
사랑받는 내 모습.

제 넓은 가슴팍 속에 더 많이많이
당신을 품고 싶습니다.
하루도 빠지지 않고 당신을 만나고 싶습니다.
오~~ 영원히 간직하고 싶은 그대,
빛나는 그 이름……
오!! ~~~ 만! 원!

한명성 님은 정헌과 정민 두 아들을 행신동 초등대안학교 '고양우리학교'에 보내고 있습니다. 반듯한 몸가짐, 절도 있는 마음가짐, 절제된 웃음(^^)까지 겸비한 대한민국 육군 중령이며, 동네에선 '수박'으로 통합니다. 평소에 말수가 적어 그의 목소리를 듣는 대단히 어렵습니다. 그런데 이렇게 글을 통해 '수박'의 진가를 보여주었습니다. 작가인 아내의 도움을 받지 않았을까 그의 아내에게 물었는데, 그의 아내도 발표 때 처음 들었다고 합니다. 아내 '무지개'가 동네 일에 열심히 참여하는데 뒤에서 조용히 내조를 하는 훈남이시기도 합니다. 동네 기타 모임 '동기'에서도 활동을 시작한 '수박'의 당신은 누구일까요? 오만원요

당신 13

송홍섭

꽃돼지 · 윤서 아빠

내가 알기 전에 다가온 너……
어린 나에게 너는 요원한 삶이었다.
젊은 날 나에게 너는 간절함이었다.
서른쯤 나에게 너는 많은 희열을 안겨주었다.
마흔……
이제 나와 너는 죽음의 경계에서 마주 보고 있다.
봄날의 아지랑이를 못 견디던 너
여름날의 뙤약볕을 어지간히 싫어했던 너
가을 바람을 몹시도 좋아했던 너
겨울의 스산함을 보듬어 안아 주던 너
이제는 너를 보내고 나는 온전히 나로 살련다.
세월의 뒤안길에서 이별을 고해야 하는 나의 당신,
안녕……

송홍섭 님은 책을 좋아하고, 공부하기를 즐겨합니다. 동네 책읽는 동아리 '책바람' 회원으로 열심히 꾸준히 활동하고 있습니다. 아내의 별명은 '꽃다지', 그의 별명은 '꽃돼지'입니다. 금슬 좋기로 소문난 '꽃돼지─꽃다지' 부부는 '꽃다지 있는 곳에 꽃돼지 있고, 꽃돼지 있는 곳에 꽃다지 있다'라고 할 만큼 각별합니다.^^ 딸 윤서는 고양 중고등대안학교 '불이학교'에 다닙니다. 가끔씩 딸 윤서가 '책바람'에 나와 아빠와 함께 책 읽고 이야기 나누기를 합니다. 가족과 함께 그런 모임을 하는 게 아이의 성장에 더 좋은 교육이라고 얘기하기도 합니다. '감정평가사'인 꽃돼지는 최근 '지산감정평가사무소'를 내고 곳곳의 땅을 감정하러 다닙니다.^^ 책만큼 음악도 좋아해서 동네 기타 모임인 '동기' 회원으로도 활동하고 있습니다. 우람한 '꽃돼지'의 당신은 누구일까요? ^습

당신 14

김 도 엽
백양고등학교 1학년

무겁다 어깨가
무겁다 내 이름

하루에 수십 번 어금니 꽉 깨물고
하루에 수십 번 떠올리며

뚝뚝 떨어지는 땀방울
뚝뚝 떨어지는 물방울

불편하다 이 쪽도 저 쪽도
어렵다 이 쪽도 저 쪽도

무겁다 어깨가
무겁다 내 이름

김도엽 님은 행신동 백양고등학교 1학년입니다. 글 쓰는 작가가 꿈인 청소년인데, 수다스럽지 않게 자기 의견을 말하고 특히 다른 사람 마음을 잘 헤아려 주는 따스함이 매력입니다. 도서관에서는 자원봉사도 잘 하고 동네 잔치가 있을 때도 이런저런 부탁을 하면 '반드시' 들어줍니다.^^ '청춘'의 특허인 '삐뚤게 보기' '다르게 하기' '열정 쏟기'를 결코 요란하지 않게 발산하는 청소년입니다. 청소년과 어른이 함께 하는 자리 만들기는 몹시 어려운데, 그런 근심을 덜어주는 고마운 동네 이웃 '도엽' 님의 당신은 누구일까요? 이배지

당신 15

오미숙

초록이 · 원규와 서영 엄마

네가 선택할 수도,
나를 선택할 수도 없지만,
당신의 존재는
나를 구름 위로 보내고,
당신의 어깃장은
나를 저 바닦 눈물 바다로 보내곤 해.

서로가 죽음의 앞전까지 함께 해야 해.
우리, 잘해보자구.

오미숙 님은 초록색을 무척 좋아합니다. 그래서 별명이 '초록이'입니다. 원규와 서영 두 아이의 엄마이지만 열정이 넘치고 끼도 많아서 동네 뮤지컬 동아리 '바스락'과 동네 기타 동아리 '동기'에서 활약 중입니다. 거기다 감각도 있고 손재주도 좋아서 입고 싶은 옷, 하고 싶은 악세사리, 들고 싶은 가방 같은 건 손수 드르륵 드르륵 재봉질하고 바느질해서 입고 다니고 들고 다니곤 합니다. 그 재주들을 아이들 머리핀 만들기 교실, 엄마들 치마 만들기 교실 등 다양한 강좌로 풀어내고 있습니다. 한마디로 동네 패션디자이너이며 패셔니스타입니다. 스타일리시한 '초록이'의 당신은 누구일까요? 재식

당신 16

황경희

여름

나는
절여진 배추처럼
축 늘어진 사람들 눈이
땅속으로 꺼져 들어가는 것을 보았다.

당신 때문에……

황경희 님은 학교에서 아이들을 가르쳤던 선생님입니다. 동네 책읽는 동아리 '책바람'에서 활동하고 있는데, 감성이 풍부해서 가끔씩 우리들의 건조한 감성을 흔들어 깨워주기도 합니다.^^ 남들은 뜨거운 여름이면 힘들다 하지만 그는 그 여름이 오히려 좋다고 합니다. 그래서 별명도 '여름'입니다. 조용한 카페에서 차 한 잔 마주하고 오롯이 자기를 들여다보며 자신과 만나는 '고요함'의 평화를 즐기시는 '여름'의 당신은 누구일까요? [이름 황경희]

당신 17

유인숙

무지개 · 희원 엄마

이십년 동안
얼굴 한번 찡그린 적 없던 친구가 내게 화를 냈다
너 진짜 너무한 거 아니야?
너 같지가 않아
정신 좀 차려

물고 빨고 쪽쪽……
벌벌이 엄마라는 소리 들어가며
애지중지 키워온 딸내미가 의심의 눈초리로
매일 사랑을 확인한다.
엄마, 아직도 내가 제일 좋아??

당신에게 이런 열정이 살아있다니
정말 멋진 걸~~
난 대단하다고 생각해!
응원하는 듯하던 남편도
이제 슬슬 열이 오르고 있나보다

왜들 이러지?
난 너를 보며
청춘을 다시 사는 듯
뜨겁게 뛰는 가슴이
너무 벅차서 눈물이 날 지경인데……

누가 뭐래도 상관없어
사실…… 나도 내가 나 같지 않으니까
너는 내 삶의 비타민
고맙다. 내 곁에 와 줘서

유인숙 님 별명은 '무지개'입니다. 동네에 '무지개'가 두 사람인데 도서관 조합원이어서 '도서관 무지개'로 통합니다. 동네 잔치들이 많아서 일 치르는 엄마들이 두 부류로 나뉘는데, 하나는 '공주과' 또 다른 하나는 '무수리과'입니다. '무지개'는 '무수리과' 주류 멤버입니다.^^ 한마디로 '일복'(^^)이 아주 많은 사람이지요. 전주에서 자라서 그런지 음식 맛을 내는 데는 일가견이 있는 한식 쉐프감입니다. 손도 커서 음식을 듬뿍 해서는 바쁜 엄마 때문에 반찬 없이 밥 먹는 동네 아이들 밥상까지 챙겨줍니다. 최근 들어 숨겨 두었던 연인을 찾아 남편 '팽이' 앞에서 드러내놓고 사랑하고 있습니다. '무지개'의 당신은 누구일까요? '담춘수' -무지개씨를 '아이의 밥 이야기수'

당신 18

여수연

여우비 · 수린과 단우 엄마

한때. 나의 전부였던.
슬픔 속에서 위로가 되었던.
살아내기 위해 절박하게 필요했던.
끝을 보리라 찬란한 꿈을 안고 덤벼들었던.
소중한 것을 팽개칠 정도로 나를 끌어당겼던.
내가 그토록 의지했던.

그러나 어느새 내게 무거운 짐을 안기고
희망보다 더 많은 절망을 안기고
소중한 것들과의 사이에서 갈등을 안기고
사랑 받았던 만큼 외면 받으며
저기 한구석으로 물러 앉은.

나는.
언제쯤 당신을 있는 그대로 보게 될까?

여수연 님은 동네에서 '행신동 명창'으로 통합니다.^^ 초등학교에서 아이들을 가르치며, 수린과 단우 두 아이 키우느라 고되고 바쁘지만, 그 속에서 '우리 소리'의 매력에 젖어 판소리를 시작한 지 어언 7년째입니다. 전해져오는 전통 소리뿐만 아니라, 도서관과 함께 그림책의 이야기를 판소리로 만들어 공연을 하고 있습니다. 그 덕에 행신동 사람들은 판소리의 멋과 맛을 접하게 되었습니다. '소리'의 구성진 맛과 더불어 해가 갈수록 연기력도 높아져 '아니리'를 할 때면 여우주연상 감입니다. 그래서 별명이 '여우비'일까요?^^ 동네를 판소리의 매력에 빠지게 한 '여우비'의 당신은 누구일까요? |5소卫

당신 19

이철국

강아지똥

어제가 없는 어느 날 – 이 세상이 생긴 날
깜깜한 밤하늘에서 너는 불꽃으로 태어났지

동방박사의 눈과 서호주 에버리지의 눈에서
너는 일직선으로 시공을 초월해서 조우했지

윤동주의 가슴과 아인슈타인의 뇌에서
너는 눈물과 영감을 교환했지

갈릴레이와 뉴턴의 하늘을 향한 빛 속으로 들어온 너
식민지 조선 뭇 젊은이들의 외로움 속에서
어머니로 태어났지

행성 지구를 만들고
박테리아와 물고기와 호모 사피엔스와
그리고 포유류의 똥을 만든 너
공룡들의 시대에 고향을 떠난 너의 빛의 내달림으로

오늘밤 행신동 밤하늘 내 눈에서 너를 만난다

후기 : 별 볼일 있는 밤이 오기를……

이철국 님 별명은 '강아지똥'입니다. 민들레를 키워낸 그 '강아지똥'이
죠. 동네 중고등대안학교 '불이학교' 교장선생님인데, 학교 밖에서도 인
기가 많아 웬만한 아이돌은 부럽지 않을 만큼 동네에 팬클럽이 있습니
다.^^ '별'과 '우주', '인간의 뇌' 등 자연과학에 관한 넉넉한 지식을 문
학적 감수성으로 해석해 동네 사람들에게 전해줍니다. 동네 책읽기 모
임인 '책바람' 회원이기도 한데, 섬세한 감수성을 세월의 연륜에 섞어
모임에서 느긋하게 풀어놓습니다. '강아지똥'의 당신은 누구일까요?
별

당신 20

김병삼

시바우 · 경석과 경덕 아빠

철 없던 시절
그 첫 입맞춤이 사랑만은 아니었소.
남들도 하는 사랑
호기심이었다 고백하오

자주 보면 좋아지고, 좋아지면 구속되는 사랑
시작하면 유신의 말처럼 관성을 따를 뿐
외부의 간섭 없이는 멈추지 않는……

시기와 질투의 뭇 시선
짧은 이별
멍한 머리, 먹먹한 가슴
홀로된 하루는 분노와 짜증으로 채워지고
아른거리는 그대의 하얀 피부, 갸름한 허리, 말랑
한 살결
모르게 혀끝은 입술을 핥는다.

지금도 기억나오
재회의 깊은 키스
몽롱한 황홀감이여
뜨거운 그 숨결에 주체 못할 어지러움

사랑하기에 헤어진다는 말장난
아니네, 사랑하지만 헤어져야 하는 이 조바심

우리 이별에 박수칠 사람들아
금지된 사랑이 더 애틋하지 않는가?

김병삼 님의 동네 별명은 '시바우'입니다. '시바우'란 세 번째 아들을
뜻하는 전라도 진도 쪽 사투리라고 합니다. 형제 자매 많은 집 세 번째
아들이어서 그런 별명이 붙었습니다. 한의학으로 이웃들의 아픔을 어루
만져 주는 동네 한의사입니다. 카리스마 넘치는 의술로 상담만 받아도
병이 치유될 것 같은 느낌을 받습니다.^^ 하지만 동네 잔치에서는 묵혀
두었던 기타를 몇 십년 만에 꺼내 들었으나, 그만 하얗게 긴장하며 코
드를 잊어버리기도 하는 순정남입니다. 애주가이고 애연가이며 동네 몇
안 되는 '순정 마초'로서 아빠들 팬도 여럿 있습니다.^^ 동네 책읽기 모
임인 '책바람'에서 활약하고, 도서관 조합원으로도 동네 활동을 꾸준히
하는 '시바우'의 당신은 누구일까요? ㅐㅂ팀

당신 21

홍호택

성신초등학교 6학년

당신!
한밤중 느닷없이 떠오르는 당신
이름만 들어도 행복한 당신

항상 접혀 있는 팔
얼마나 힘들었을까

아주 두꺼운 허벅지
얼마나 무거울까

나를 괴롭게 하지마
나는 당신이 언제나 좋아

내가 당신을 만나면
어떨 땐 기쁨이 되고, 어떨 땐 괴로움이 되지만
그래도 당신은 항상 나의 행복

홍호택 님은 날 때부터 심상치 않은 곱슬머리입니다. 생김새마저 아랍인의 피가 흐르는 듯하여 다문화가정 자녀로 오해 받곤 합니다. 성신초등학교 6학년인데, 세상은 '큰 놀이터', 학교는 '작은 놀이터'라고 여기며 신나게 삽니다. 미국 사는 사촌동생을 만나러 가야 하는데 집에서는 비행기 삯을 반만 대주겠다고 해서 나머지 비행기 삯 모으느라 어린 동생 돌보기 등 다양한 일을 하고 있습니다.^^ 기타 치고, 춤추는 호택의 현재 소망은 머리를 염색하는 겁니다. 후보로 보라, 빨강, 초록을 생각하고 있다는데, 초록으로 한다면 아마 브로콜리 같을 겁니다.^^ 곱슬머리 '호택' 님의 당신은 누구일까요? 호택

당신 22

강현정

소나무 · 세준 엄마

오늘도 나는 당신을 만나러 갑니다.
그 길이 땀나고 숨이 가쁠 만큼 힘든 시간도 있지만
당신의 깊고 넓은 품에 안겨 쉴 때면
긴 쉼 호흡과 함께 모든 짐을 내려놓게 됩니다.

당신의 숨결과 당신만이 내뿜을 수 있는
신선한 향기를 맡고 있노라면 잠시만이라도
당신 품 속에서 단잠에 빠져들고 싶어집니다.

왜 진작 당신을 자주 찾아보지 못했을까
후회스럽습니다
이제서라도 당신에게로 가는 길이 힘들어도
기분 좋은 것은 참 다행입니다.

당신을 자주 만나면 만날수록 나의 몸과 마음이
가벼워지고 상쾌해짐을 느끼는 걸 보면
아마도 당신은 나의 힐링인가 봅니다.

당신의 초록 옷이 이제 머지않아
붉은색으로 화려하게 변신해 갈 때도
난 당신의 숨결을 느끼러 자주 자주 들르겠습니다.

고맙습니다 그리고
당신의 매력을 알게 해 준 의료보험공단에게도
감사의 인사를 잊지 말아야겠습니다.

강현정 님은 도서관에 오신 지 얼마 되지 않았습니다. 올해 초, '엄마들의 수상한 수학' 모임에 본격적으로 나오면서 식구가 되어 지금은 영화 인문학 강좌 등 다양한 활동에 참여하고 있습니다. '누구 엄마!' 혹은 '누구 아빠!'라고 부르는 대신, 별명으로 서로를 호칭하는 동네 전통(^^)에 따라 '소나무'라 지었습니다. 그를 만나보면 '소나무'처럼 좋은 피톤치드 효과를 얻을 수 있습니다. 사시사철 변치 않는 소나무를 닮아서 진득하게 관계를 맺고 진득하게 일을 해나갑니다. 도서관과 동네에 새로운 보물이 탄생한 거지요. 말수가 적지만 그렇다고 표현이 적은 것은 아니어서 영화 인문학 시간에는 알맹이 담긴 속 얘기를 주변에 들려주었습니다. 늘 푸른 우리 동네 '소나무'의 당신은 누구일까요?

담쟁이에 비친 자연 예찬론 '소나무'

당신 23

김명희

하늘·태린과 키티복덩이(태명) 엄마

 당신은 나에게 생명의 시작이었습니다. 응~애 하고 태어나는 순간 당신은 내 곁에 있었습니다.

 당신은 나에게 자유를 주었습니다. 하루종일 마당에서 내 아이가 물놀이를 해서 내게 쉴 수 있는 여유를 주었습니다.

 당신은 나를 지치게 했습니다. 조금만 움직여도 얼굴 가득 땀으로 뒤범벅이 되었습니다. 한밤중에는 온몸에 가득한 땀을 없애기 위하여 샤워를 해야 했습니다.

 당신은 나에게 고통을 가져다주었습니다. 당신으로 인해 흘린 땀으로 밤마다 기침을 수도 없이 해야 했습니다.

 이제 당신이 떠나고 얼마 있지 않아 나는 상상만

으로도 가슴 벅찬 새 생명을 내 품안에 안게 될 것입니다.

  다시 당신이 올 때에는 조금은 덜 지치고, 고통은 없길 바랍니다.
  헤어짐과 만남을 반복하는 당신…… 현재의 심정은 어서 빨리 헤어지고 싶습니다.

김명희 님 별명은 '하늘'인데 얼마 안 있으면 출산을 할 임산부입니다. 도서관의 '수상한 수학' 모임에 처음 나올 때가 4개월째였는데, 어느덧 출산을 두 달 정도 남기고 있습니다. 수상한 수학 모임의 총무로서 연락 담당을 하고 있는데, 그가 보낸 문자 알림을 읽고 있노라면 모임에 나가고 싶은 생각이 절로 납니다. 글 속에 묘한 매력을 깔아둡니다.^^ 거기다 유쾌하고, 재치 있는 말솜씨 또한 일품입니다. 위트와 유머러스함을 겸비한 그는 남산만큼 부른 배를 안고 도서관에 와서 공부를 합니다. 힘들텐데도 오히려 홀몸인 사람보다 더 가볍게 날아다닙니다. 여름에 태어난 '하늘'은, 여름이 찾아오면 친정인 시골로 내려가 마당에 커~다란 풀장을 만들어 아이들을 하루종일 물놀이 삼매경에 빠지게 한다네요. 올 여름은 폭염 덕분에 그 물놀이를 열흘 넘게 하고 왔답니다. 아이들은 즐거웠으나 '하늘'은 뱃 속의 아이와 함께 이 더위를 고스란히 견디어 냈네요. 유쾌 상쾌 통쾌한 '하늘'의 당신은 누구일까요? 름ㅏㅇ

당신 24

김준명

뽕나무·도엽과 보민 아빠

저에겐 당신이 사랑하는 가족 다음으로 소중해요!

가끔 당신이 아프거나
또는 길을 잃어 제 곁을 떠나 있을 땐
저는 불안해 아무것도 할 수 없어요!

그러다 다시 당신이 제게 돌아왔을 때의 그 기쁨이란 이루 말할 수가 없었죠.
또한 당신이 허기져 배고파질 때까지
밥도 못 챙겨주는 제 자신이 너무 원망스러워요.

물론 당신이 자주 성형수술을 받아
전혀 다른 사람으로 바뀔 때는 많이 당황스러워하지만요!

당신 때문에 제가 오래 못 살 수도 있지만

앞으로도 제 곁을 결코 떠나지 마시고
옆에서 잘 챙겨주고 도와주세요.^^

김준명 님은 두 아이를 동네 공동육아 공동체인 '도토리어린이집'에서
키웠습니다. 지금 두 아이는 초등대안학교 '자유학교'에 다니고 있습니
다. 동네 별명이 '뽕나무'인 그는 현대기아자동차 홍보실에 근무하는데,
일터가 양재동에 있어서 출퇴근이 너무 힘듭니다. 그런데도 이 동네를
무척 사랑해 결코 이사 갈 생각이 없답니다. 대학가요제와 강변가요제
때의 노래와 가수들 리스트를 모두 다 외우고 있는 '뽕나무'의 기억력
은 기상천외 프로그램에 나가도 될 정도입니다. 그 기억력으로 동네 사
람들 궂은일, 기쁜 일을 짬나는 대로 일일이 다 챙겨주는 그는 타고난
'동네 총무'입니다. 물론 그래서 아내인 '하트꽃'은 늘 힘듭니다. 이제
'하트꽃'은 시간이 지나도 바뀌지 않는 '뽕나무'를 해탈의 경지에서 바
라보며 내조를 합니다.^^ 대학 때 댄스동아리에서 만났다는 이 부부 덕
분에 동네에 댄스 교실이 열리기도 했습니다. 한때 '뽕나무'의 배가 사
~알짝 나와 댄서로서의 매력에 오점을 남겼지만 다시 원상복귀 몸매
로 돌아와 부부가 함께 동네 잔치에서 멋진 무대 펼쳐주길 기대합니다.
'뽕나무'의 당신은 누구일까요? 퐁크啡

당신 25

이푸름

새싹 · 경기대 문헌정보학과 4년

예전에 난,
당신 품안에서 당신을 꿈꾸는
'진짜' 새싹이었다.

시간이 흘러 당신이란 꿈을 피워내고
이제 막 열매를 맺으려는 이 여름날.

지금 나는,
당신 품안에서, '진짜' 새싹들 곁에서
다시 새싹이 되었다.

이푸름 님은 푸릇푸릇한 대학생이며 동네 별명은 '새싹'입니다. 올 여름. 경기대학교 유종덕 교수께서 우리 동네에 사는 제자를 손수 도서관에 '연결'해 준 자원봉사 청년입니다. 정말 감동적인 '연결'이었는데, 직접 청년과 함께 도서관으로 방문하여 연결해 주신 겁니다. 교수님의 집은 이곳 고양시에서 두 시간 거리에 있는데도 말입니다. 도서관 재정형편상 사서를 둘 수 없어 도서 관리와 대출 반납 시스템 등 많은 부분에 어려움이 있었는데, 자원봉사 청년 '새싹'이 두 달 도와준 덕분에 도서관이 많이 달라졌습니다. 복덩어리 '새싹'은 일도 잘하고, 도서관 아이들과 관계도 잘 맺고 상냥하고 착합니다. '새싹'이란 별명은 도서관 아이들 십여 명이 둘러앉아 지었는데 참 잘 어울립니다. 문헌정보학과를 다니는 학생으로서 도서관 현장을 배울 수 있어 고맙다는 '새싹'이지만, 실은 도서관이 '새싹'에게 더 고맙습니다. 푸릇푸릇 '새싹'의 당신은 누구일까요? 고서재

당신 26

권경진

반달 · 경기대 문헌정보학과 4년

당신,
가능만 하다면 주머니에 쏙
넣어 다니고 싶은 당신
나의 모든 것인 당신이 없다면
어떻게 살 수 있을까.

나보다 나를 더 많이 기억해줘서
고마워.
오늘도 내 손길 하나하나에
일일이 반응해주는 너를
나는 따스하게 어루만진다.

권경진 님은 꽃다운 이십대 청춘입니다. 경기대학교 문헌정보학과에 다니고 있는데, 스스로 찾아와 도서관의 자원봉사를 하고 있습니다. 그것도 무더운 이 여름에 말입니다. 까무잡잡한 피부, 훤칠한 키, 긴 생머리, 건강한 두 팔. 그러나 갸름한 얼굴^^ 이팔청춘만이 가질 수 있는 매력을 듬뿍 가지고 있습니다. 도서관의 청년 자원봉사자인 '새싹' 친구인데 둘이 함께 힘 합쳐 도서관 내부를 바꾸고 있습니다. 그간 전문가의 손길을 '제대로 길게' 받지 못해 불편했던 것을 여름 내 이 더위 속에서 바꾸어 놓고 있는 겁니다. 개학을 해도 도움이 필요할 때면 언제든 찾아와서 도와주기로 '약속' 을 했습니다. 덕분에 기계에 어두운 도서관 운영진은 서두르지 않고 어려운 도서대출반납시스템을 느긋하게 익혀 나갈 계획입니다.^^ 웃을 때 눈이 '반달' 이 되는 '반달' 의 당신은 누구일까요? 퐁크牌

당신 27

권혜정
풀잎 · 도서관 미술선생님

당신은 참 공허합니다.

당신은 텅 비어 있습니다.

당신은 세상에 대해 아무 할 말이 없습니다.

당신은 그 누구도 신뢰할 수 없습니다.

당신은 세상의 차가운 계산 속에 묻혀 버렸습니다.

당신은 늘 유토피아를 꿈꿔 왔습니다.

당신은 아직도 꿈을 꾸고 있습니다.

권혜정 님은 도서관 미술교실을 진행합니다. 동네 초등대안학교 '고양 우리학교'와 중고등대안학교 '불이학교'에서 미술 강의를 진행하고 있습니다. 책 속의 이야기가 도화지 위에서 살아 있는 그림으로 재탄생할 수 있게 아이들에게 꿈을 심어줍니다. 동네 별명은 '풀잎'인데, 진짜 풀잎처럼 하늘하늘한 손가락, 연초록 눈빛, 가느다란 몸매를 가졌습니다. 동네 별명은 대체로 아이들이 지어주는데, 아이들 눈이 참 정확합니다. '풀잎'을 만나면 들판의 풀잎이 보이거든요. 꿈꾸는 소녀 같은 '풀잎'이지만 소탈하고 담백해서 편안함을 느낄 수 있을 겁니다. 도서관 벽을 갤러리 삼아 아이들 그림을 다양하게 전시하고 있으니 놀러 오시거든 전시회 관람하듯 즐겨보세요. '풀잎'의 당신은 누구일까요? 나-자신

당신 28

성신초등학교 6학년

이제는 내 몸의 일부가 되어버린 당신
당신이 없으면 이 세상은 흐릿흐릿

당신과 함께라면 어디든 갈 수 있지
당신과 함께라면 우주 너머도 보일 듯

아주 가끔 당신 때문에 화가 날 때도 있어
내가 놀이에 빠져 달음질 칠 때
친구들과 물놀이라도 할라치면
당신이 귀찮아져

여름 더위, 겨울 서리도
당신을 미워하게 해

이현선 님은 책벌레입니다. 책을 아주 좋아합니다. 책 속에 들어 있는 이야기에 빠지기도 하지만 책이 가지고 있는 냄새를 즐기기도 합니다. 신문의 냄새, 잡지의 냄새, 동화책의 냄새 등 글을 담은 매체마다 냄새로 구분하고 있을 정도입니다. 또 글쓰기도 좋아합니다. 이미 몇 편의 글은 완성되어 세상의 주목을 받기도 했습니다. 성신초등학교 6학년에 다니고 있는데, 파주출판단지에서 있었던 2013 어린이날 기념 글쓰기 대회에서 큰 상을 받았을 정도입니다. 그 상품을 도서관에 뚝 나누어 기증한 착한 마음씨의 소유자이기도 합니다.^^ 우리 동네 '조엔 롤링'이라고 농담 삼아 부르는 '현선' 님의 당신은 누구일까요? 당신?

당신 29

김진이

로켓단 · 현선과 민선 엄마

당신
초등학교 3학년 때 첨 만났지
그렇게 말하면 다들 놀라
"진짜?" 그러지

아빠의 부도로 집이 갑자기 어려워져서
엄마는 아빠 회사 일을 돕느라 바빴지
구파발 단독집에서 연신내 단칸방으로 옮겨왔고
텔레비전도 없어졌어
세 살 많은 오빠에게 난 상대가 안 되니
매일 너무 심심했어

할머니 심부름 다하고
단칸방 벽지 그림도 세어보고
인어공주랑 너덜해진 동화책들 다시 보고
그러다 보니 세상이 두 개로 보이기 시작한 거야
그렇게 너를 만났지
세상은 다시 하나가 됐지

조금 나중에 만났으면 더 많은 세상을 보게 되지 않았을까

김진이 님의 별명은 '로켓단'입니다. 어린이 만화영화에 나오는 캐릭터 인데, '로켓단'은 엄청 몸이 마르고, 거기에 무릎까지 오는 긴 부츠를 신고, 정의를 무시하며 영웅을 괴롭히는 악당입니다.^^ 실제 만나면 만화 속 주인공과 외모는 똑같은데 성격은 전혀 다릅니다. 마음 씀씀이는 강릉 양반집 맏며느리답게 호탕하고 정의로운데, 오로지 살이 찌지 않고 말랐기 때문에, 거기다가 겨울에 검정색 긴 부츠를 신었다는 이유로 아이들에게 이런 별명을 얻었습니다. 구미에서 연구원으로 일하는 남편 덕분에(?) 6학년 현선, 1학년 민선, 두 남매를 키우느라 정신없이 바쁜데, 그 일상을 씩씩하게 보내고 있습니다. 아마도 살이 찌지 않은 건 이리 뛰고 저리 뛰어다녀야 하는 그의 일상 때문 아닐까요?^^ 그의 일터는 고양신문사인데 그곳에서 오랫동안 기자로 활동하고 있습니다. 혹시 아이들 저녁 마실을 부탁해오면 주저없이 받아주세요. 우리들의 눈과 귀가 되어주는 그가 원고 마감에 쫓기거나, 특종을 잡고 있는지도 모르니까요. '고양'의 역사에 관해서라면 신도시가 들어서기 전부터 지금까지, 모르는 게 없을 정도로 척척박사입니다. 지역과 함께 성장하는 신문, 지역과 함께 성장하는 기자가 되기 위해 고양신문에서 열심히 뛰고 있는 '로켓단'의 당신은 누구일까요? 똥섬

당신 30

성희경

별소녀 · 지민과 지연 엄마

당신은 내게 포근함을 줍니다
당신의 우렁찬 목소리에
함박웃음을 짓기도 하지요
하지만 때로 당신의 긴 울음소리는
내게 좌절과 긴 어둠의 터널을
선사합니다.
당신에게서 벗어나고자 무던히 애쓰지만
어느새 당신의 풍만한 가슴에 안겨
안도의 한숨을 쉬는 나입니다.
이런 당신과 오래도록 함께하고 싶습니다.

성희경 님은 지민과 지연 두 딸을 행신동에서 '자유롭게' 키우고 있습니다. 하늘의 별이 좋아 별명도 '별소녀'입니다. 스무 살 한창 때엔 그별을 보러 한달 내내 헤매었고, 그 별만큼 자라나는 아이들의 반짝이는 눈빛이 좋아 노상 아이들과 수다 떨며 지냅니다. 그래서 '별소녀'가 하는 일도 청소년들의 행복한 세상을 만들어가는 데 힘을 쏟는 '청소년지도사'입니다. 그의 일터는 부천시 '송내동청소년문화의집'이지만 사는곳이 이 동네라 도서관에 와서 많은 일을 함께하고 싶어 합니다. 도움이 필요한 곳에는 자신의 재능을 언제든 나누고자 대기 중입니다. 자유를 사랑하는 '별소녀'의 당신은 누구일까요? 伴마유

당신 31

멸치 · 서현과 윤영 아빠

어느날 내게 다가온 당신.
그때의 두근거림……
당신이 있었기에 감당할 수 있었던 괴로운 현실
당신은 늘 그렇게 내 곁에 있었어요.

하지만,
함께할수록 답답해지는 내 마음.
쌓여만가는 오해 그리고 이별과 만남
그래도 당신은 늘 그렇게 곁에 있고자 했어요.

나를 눈 멀게 한 당신,
날 바보로 만든 당신,
난 알고 있어요.
당신의 잘못이 아니라는 것을,
내 자신이 너무 부족했다는 것을.

조봉희 님 별명은 '멸치'입니다. '불쌍'하게 생겼다고 아내인 '키티'가 지어준 겁니다. 낯선 사람들과 대화하기를 힘들어 한다고 그는 말하지만, 사실 얼굴에 힘든 티는 잘 안 보입니다.^^ 그냥 무던한 사람인 듯 보이지요. 일하기보다 놀기를 좋아하는 베짱이 스타일이라며 동네 일을 외면한 듯 보이지만, 실은 드러내지 않고 일하는 스타일입니다. 그가 열심히 일하는 걸 동네는 잘 아니까요. 얌전하고 예쁜 두 딸 서현과 윤영은 동네 공동육아 공동체 '도토리어린이집'에서 자랐습니다. 큰딸 서현은 초등학교 3학년이고, 작은딸 윤영은 일곱 살이어서 아직 도토리어린이집에 다니고 있지만 올해 졸업을 하게 됩니다. 햇수로 7년, 이웃과 함께 공동체를 이루어 도토리어린이집에서 아이를 키운 시간입니다. 그 7년의 시간은 그에게 "인간으로서 '조봉희'가 무진장 성숙해지고 많은 이웃을 얻게 된 순간들이었고, 도토리어린이집은 그 거점이 된 곳이라고 합니다. 현재 의지가 약한 자신의 삶을 성찰 중이라는 '멸치'의 당신은 누구일까요? 별이비친

당신 32

중고등대안학교 '불이학교' 4학년

'당신'은 없다.
'내'가 먼저니까……

최진혁 님은 동네 중고등대안학교 '불이학교'에 다니는 청소년입니다.
초등 과정은 동네 공교육에서 보냈고, 청소년기를 대안교육 과정에서
보내고 있습니다. 중고등을 통합한 곳의 4학년이니 고등 과정을 밟고
있는 거지요. 아빠 엄마의 유전자를 물려받아 훤칠하게 키가 큰 진혁
군은 기상천외한 엉뚱함과 유머러스한 상상력으로 세상을 바라보는 재
치꾼입니다. 동생 민서가 7세로 나이 차가 많아 둘이 함께 다닐 때는 큰
키의 진혁 군이 삼촌 같아 보일 때도 있습니다.^^ 불이학교 밴드에서
드럼을 담당하는데, 실력이 상당합니다. 한때 수학공부를 잘해보고 싶
어 수학 과목과 열애 중이라는 풍문이 동네에 잠깐 떠돌았던 적도 있었
습니다.^^ 유머러스한 '진혁' 님의 당신은 누구일까요? 十ㄴ

당신 33

김기선

까만콩 · 연우와 연재 아빠

당신은 수만 가지의 표정을 가지고 있다
사랑스러우면서 따뜻한,
슬프지만 희망적인,
힘들지만 아무렇지도 않은,
며칠 내내 혼자 울고 싶은,
슬픔에 모든 것을 없애버리고 싶은,
아픔을 이겨내고 그 아픔까지 감싸주는,

당신은 수많은 나의 모습을 가지고 있다.
그래서 나는 당신을 바라보며 사는가 보다.

지금 나 또 당신을 보며 나를, 내 마음을 찾으려
한다.

김기선 님은 별명이 '까만콩'입니다. 얼굴 보시면 금방 '아하!!!' 하고 고개를 끄덕거리실 겁니다. 글쓰기가 두려웠으나 창작의 고통을 견뎌냈다고 합니다. 그런 후 용기 내서 보내기 버튼 누르고 하늘 한 번 쳐다보았다네요.^^ 동네 공동육아 공동체 '도토리어린이집'에서 4년째 이웃과 함께 아이를 키우고 있고, 앞으로도 3년을 더 다녀야 한다네요. 두 아들 연우와 연재는 아빠인 '까만콩'을 쏙 빼닮아 동네 어디서 보든 금방 알 수 있을 겁니다.^^ 도토리어린이집 식구 중 지난해까지 막내여서 동네 모임에서나 일이 있을 때, '귀여움 담당'으로 엉덩이가 바닥에 붙어 있을 짬이 없었습니다. 그런데도 새롭게 만난 분들과 형님 누님 하면서 사는 게 무척 좋다 합니다. 놀라울 정도로 긍정적이어서 걱정을 오래 못하는 '까만콩'. 아직도 청년 같은 외모를 가진 그는 불평 없는 착한 막내동생 같습니다. 올해는 도토리어린이집에 후배가 생겨 막내에서 벗어났습니다. 도토리어린이집에서 인연 맺은 식구들과 오래도록 함께 살고파 '도토리 타운' 짓는 일을 올해 시작했습니다. 앞으로도 잘돼서 많은 이들이 도토리타운 2차, 3차를 계속 짓는 게 바램이라고 합니다. 늘 잘 웃고 웃을 땐 함박꽃이 하얗게 핀 것처럼 환해지는 '까만콩'의 당신은 누구일까요? 름+ㅎ

당신 34

정상영

소라 · 제환과 하윤 아빠

사랑에서 시작되었습니다.
아우성이고 즐거운 웃음입니다.
때론 눈물도 싸움도 있습니다.
도토리를 지나 큰 거목으로 성장하겠습니다.
여기엔
글도 있고 놀이도 있고
무엇보다 나를 안아주는 친구가 있습니다.
우린 다들 서로에게 친구이고 형이고 누나이고 동
생입니다.
우리는 큰 가족으로 동네로 자라납니다.
다시 사랑입니다.

정상영 님은 공동육아 공동체 '도토리어린이집'에서 두 아이를 키웠습니다. 제환이와 하윤이가 그곳에서 마음껏 놀고 해맑게 자란 것에 큰 고마움을 느낀다고 합니다. 이후 동네 혁신학교인 백양초등학교에 보내고 있는데, 백양초등학교가 도토리어린이집처럼 아이, 부모, 교사 모두를 건강하게 키워내는 공간으로 자라났으면 하는 꿈이 있다고 합니다. 별명은 '소라'이고 그의 일터는 법무법인(유) '한별'입니다. 귀를 활짝 열어 놓은 소라처럼, 혹은 속시원히 억울함을 말해주는 벌린 입의 소라처럼 아픈 사연 억울한 사연을 해결해 주는 변호사입니다. '소라'의 당신은 누구일까요? 백양초등학교 백양초등학교

당신 35

징광태

독도

아주 먼 옛날
내가 아는 당신은 늘 함께 모여 먹고, 놀고, 나누
며, 즐기는 따뜻하고 정다운 山입니다

어느 날 내가 아는 당신은 그리움과 기다림……
태풍이 불고, 번개가 치는 바다입니다.

언덕 위에 아지랑이 피고
아이들의 웃음이 파도에 실려 오던 날
내가 아는 당신은 아주 먼 옛날 보았던 바로 당신
입니다

당신이 있었기에
우리의 소중함을 알았고
관계의 절실함을 알았고
마을의 소중함을 알았습니다.
내가 아는 당신은 마을의 희망이며 보물입니다.

정광태 님은 행신동에 16년째 살고 있는 오래된 이웃입니다. 샘터마을을 거쳐 햇빛마을까지 신도시 신동네 행신동의 터줏대감인 셈입니다. 한 동네에 살아도 특별한 관계가 없으면 만나지 못한 채 살아가는 게 도시생활인데, 도서관 덕분에 동네 이웃을 많이 만나게 됩니다. 정광태 님도 그중 한 분입니다. 그의 일터는 고양시청이고 그는 주민자치과에서 마을공동체 일을 맡고 있습니다. 그를 아는 분들은 하나같이 말합니다. '정말 다른 사람!'이라고……. 대개 관공서에 가면 뭐가 그리 복잡한지 시민들은 고생을 많이 하게 되는데, 그의 친절은 이미 소문이 자자합니다. 같은 걸 여러 번 물어봐도 얼굴에 싫은 내색 한 번 없습니다. 거기다 듬직하게 시민들을 돕고 있어서 공동체 일을 시작하는 사람들에게 버팀목이 되어줍니다. 일이 있어 고양시청에 가시거든 그를 찾아가 고생을 줄이세요.^^ 청소년 시절 그의 별명은 '곰'이었다고 합니다. '곰'이라는 별명이 그에게 왜 붙었는지 상상이 가시죠?^^ 아름답고 풍요로운 마음이 온 누리에 퍼지길 소망한다는 '독도' 님의 당신은 누구일까요? ┃☞공동

당신 36

권예강

대안중고등 '불이학교' 1학년

당신이 없는 하루는 세상을 외면한 날 같습니다.

당신이 제 몸 어딘가에 붙어 있어야 내 마음이 편합니다.

당신은 밥을 자주 먹습니다.

당신은 나를 웃게 해 줍니다.

당신은 나를 타인들과 소통하게 해 줍니다.

당신이 아팠던 그날,

당신이 수술을 하고 본래의 모습을 되찾길 원했지만,

안타깝게도 당신은 기억을 모두 잃어버리고 말았습니다.

당신은 시한부 인생으로 삽니다.

권예강 님은 동네 중고등대안학교인 '불이학교'에 올해 입학했습니다. 학교 가는 게 즐겁다는 파릇파릇한 1학년입니다. 성신초등학교를 졸업했는데, 초등 시절 존재감을 찾기 위해 많은 고민을 했습니다. 사춘기를 일찍 겪은 셈입니다. 그 결과 스스로 대안학교를 선택했고 지금은 성장통 잘 다스려가며 친구들과 어울려 어여쁘게 자라고 있습니다. 교실에서는 남자 친구들과도 친하고 여자 친구들과도 친해서 양쪽을 중재하거나 다리 놓아주는 가교 역할을 하고 있습니다. 이제 존재감이 확실히 생긴 겁니다.^^ 요즘은 고양 청소년창의센터에서 진행하는 뮤지컬 수업을 열심히 듣고 있습니다. 무대 위에서 또 다른 존재감을 찾을 '예강' 님의 당신은 누구일까요? 휴面 화훈

당신 37

최난경

하늘다람쥐 · 지원과 현 엄마

40도를 오르내리는 고열 속에서
며칠을 보내고
몸을 추스를 무렵이면
당신은 나에게
새 힘을 주곤 했습니다.

늘 골골했던 나에게
당신은
친구요
모험이요
사랑이요
두근거리는 심장이요
꿈이요
상상의 세상의 되어 주었습니다.

지금도 당신은
나에게 밥입니다.

최난경 님은 도서관 '북아트' 선생님입니다. 도서관에 오시면 곳곳에 북아트 작품들이 전시되어 있는데, 아이들과 함께 활동했던 결과물입니다. 도서관과 자매결연을 맺은 '한국북네트웍스'에서 10여 년간 활동한 전문가입니다. 별명은 '하늘다람쥐'인데, 한눈에 봐도 딱 하늘다람쥐 같습니다.^^ 다람쥐가 사부작사부작 부지런히 도토리 까듯, 종이와 가위, 풀과 자 등 재료를 움직여 사각사각 소리를 내면 어느덧 훌륭한 북아트 작품이 완성됩니다. 북아트는 워낙 재료가 많이 필요한 분야라서 '하늘다람쥐'가 강의하러 오는 날에는 짐이 너무 많아 바퀴 달린 여행 가방 하나를 끌고 옵니다. 동네에서 '하늘다람쥐'가 여행 가방을 들고 간다면 그날은 강의가 있는 날일 겁니다. 덩치 작은 '하늘다람쥐'에게는 엄청 무거울 테니 달려가 잠시라도 끌어 주시길……^^ '하늘다람쥐'의 당신은 누구일까요? 분야트 가방

당신 38

홍승택

가람중학교 3학년

나는 당신만을 원하는데
세상은 내가 당신 만나는 걸 힘들게 하네

당신과 함께 있으면 늘 즐겁고 행복하기만 하오
당신만이 내 불안감과 우울함을 해소시켜 주오

당신은 내 꿈이자 미래이고
내 맘 털어놓고 기댈 유일한 버팀목이오

난 오늘도 내일도
당신을 위해 걸어가겠소

홍승택 님은 가람중학교 3학년입니다. 초등학교 때 학교 급식을 먹기 시작하면서 살이 붙고, 그 살이 점점 더 불어나 초등학교를 졸업할 때는 꽤나 덩치가 있었습니다. 그런데 중학교에 들어가고, 사춘기 접어들면서 그 살이 키로 올라갔습니다. 요즘은 동네 사람들이 살 빠진 청소년이 된 그를 금방 못 알아채기도 합니다. 기타를 배우기 시작하면서 음악의 매력에 빠저 청소년이 풀어야 할 갖가지 감정들을 거기서 해결한다 합니다. 청소년창의센터에서 진행하는 음악강좌를 신청해서 중3 생활의 마지막을 원 없이 보내고 있는 '승택' 님의 당신은 누구일까요?

아음

당신 39

서랍 · 태완과 래완 아빠

까맣고 조금은 투박하지만
동그라미와 네모의 절묘한 조화를 이룬
너야말로 진정한 '훈남'

그런 너를 보면
난 언제나 흐뭇한 미소가 흐르지

속눈썹 깜빡이며
세상의 모든 희노애락을
아무 조건 없이 받아 삼키는
너는 정말 멋쟁이

복잡하게 생긴 너의 외모 때문에
사람들에게 외면당하기도 하고
때론 배고프다며 모든 동작을 멈추고
나를 당황하게도 만들지만
밥을 주면 또다시 신나게 속눈썹을 깜빡이며

세상과 대화를 나누며 날 행복하게 해 주는
너는 나의 영원한 동반자

김도훈 님의 별명은 '서랍'입니다. 이것저것, 당장 쓸모가 있든 없든, 모두 다 담아서 보관할 수 있는 서랍이고 싶었다 합니다. 필요할 땐 언제든 꺼내 쓸 수 있게 담아주는 서랍. 그게 언제든 쓸모 있을 때까지 보관해 주는 서랍처럼 자신의 존재를 그렇게 만들고 싶다 합니다. 무언가 담을 수 있으려면 비워두어야 하는데, 서랍은 담아내기 위해서 마음 비워내기를 실천 중입니다. 덩달아 몸도 비워내서 그런지 요즘 살이 쭉 빠져서 '완전 훈남'이 되었습니다. 중학교 3학년인 큰아들 태완, 4학년인 래완이의 아빠라고 믿겨지지 않을 정도입니다. 그의 일터는 동네에 있는 포토스튜디오 '포베이비'입니다. 그는 '포베이비'를 운영하는 사진가입니다. 도서관에서 사진 강좌를 열면 언제든 시간 비워두고 달려와 강의를 해 줍니다. 또 동네잔치를 할 때나 도서관 행사를 할 때도 모두의 순간을 카메라에 기록하는 일을 즐거이 해 줍니다. 시골에서 전원생활하며 사진카페를 운영하는 게 꿈이라는 '서랍'의 당신은 누구일까요? DSLR 카메라

당신 40

나희원

백양고등학교 1학년

나에게 당신은 이제
너무 무거운 짐이 되어버렸어

너무 필요했고
그래서 절실했었지
난 당신을 통해 세상을 보았고
때론 말도 안 되는 고집으로
더 크고 더 존재감 있는
당신을 원했었지
어쩌면 난 당신 뒤에
내 모습을 숨기고 싶었는지도 몰라

그런데 이제 정말
당신에게서 벗어나고 싶다
벗어 던지고 싶어!!!

나희원 님은 백양고등학교에 올해 입학했습니다. 세상 모든 일을 긍정
적으로 이해하고 감싸주는, 보기 드문 해피바이러스 청소년입니다. 그
러니 친구도 많고 따르는 동네 동생도 많습니다. 무남독녀 외동딸인데,
일에 파묻혀 주말에만 집으로 오시는 아빠 덕분에 엄마랑 단둘이 호젓
한 시간(?)을 보낸 지 어언 10여 년……. 호젓한 그 시간을 사유하며 보
냈는지, 귀여운 외모와는 달리 또래보다 더 의젓한 생각, 따뜻한 생각을
많이 합니다. 만화에서 튀어나온 캐릭터처럼 긴 생머리에, 동그란 검정
뿔테 안경. 생글생글 웃는 얼굴을 하고 있는 어린애 같은 청소년을 보
면 희원이라고 여기셔도 됩니다. 우리 동네 최강 동안(童顔) 청소년 '희
원' 님의 당신은 누구일까요? 농산?

당신 41

마이쭈 · 호연 엄마

세수는 했니?
눈 밑에 그거 다크서클이야?
머리는 왜 그 모양이니?
거울 좀 보고 살아!
피부는 왜 그리 푸석해?
머리숱은 적어진 것 같은데?
그 옷 말고 다른 옷은 없어?
오늘이 며칠인지는 알고?
친구 생일날 문자도 못했다면서……
'부식지간'은 또 뭐야? '부지불식'?
덥다고 냉장고를 켜라니?!?
그 단어가 생각이 안 난단 말이야?

하루하루 겨우 사는 거야?
그래도 좋다고?

"엄마~~~ 앙~~~"

애 깼다. 얼른 가 봐!!
거울은 좀 자주 보고!!

문주영 님은 두 살배기 노호연 군의 엄마입니다. 지금 막 걷기 시작한
아들 호연이 키우느라 살이 쭈욱 빠져서 가뜩이나 마른 몸이 더 가늘어
졌습니다. 자상한 남편 '두바퀴'가 있지만, 애기 엄마가 할 일이 그런다
고 줄어드나요? 지금은 휴직 중이지만, 아기 낳기 전에는 인근 중학교
에서 영어 교사로 일했습니다. 호연이가 크면 다시 교단에 서서 청소년
들과 함께 활짝 웃고 있을 겁니다. 연애 시절 생긴 별명 '마이쭈'가 지
금까지 이어져 동네 별명이 되었습니다. 마이쭈는 달콤새콤한 맛을 내
는 과자인데, 우리 동네 마이쭈도 그런 상큼함을 그대로 가지고 있습니
다. 어느 모임에서나 신나는 에너지가 넘치고, 재기발랄한 생각으로 지
쳐가는 사람들을 깨워줍니다. 도서관 조합원인 마이쭈의 뱃속에는 지금
호연이 동생이 자라고 있습니다. 몇 년 뒤 그의 양손에는 귀여운 개구쟁
이들이 엄마 손을 잡고 새콤달콤한 매력을 셋이 함께 뿜어내겠네요. 새
콤달콤 마이쭈의 당신은 누구일까요? 하연하엄 이엄다 얼른 내 하연하

당신 42

홍유준

성신초등학교 1학년

만지면 말랑말랑해.

네가 몸을 뒤집으면 슬퍼.
아까워. 아쉬워.
엄마한테 돈 뺏긴 거보다 더 슬퍼.

네가 다른 애들 뒤집으면 좋아.
많이 좋아.
엄마가 돈 줬을 때보다 더 좋아.

홍유준 님은 성신초등학교 1학년에 다닙니다. 올해 입학해서 '학교'라는 공간을 온몸으로 익히고 있습니다. 학교가 끝나면 동네 도서관 '재미있는 느티나무'로 가서 동네 친구, 형, 누나들과 어울려 놉니다. 키도 크고 덩치도 커서 3학년쯤으로 보이지만, 마음은 순박하고 여린, 어린 애기 같습니다. 친구들로부터 "유준아 넌 왜 안 싸워?"라는 질문을 받을 정도입니다. 요즘 유준이 머릿 속에는 8가지가 맴맴 돕니다. '게임' '딱지' '집' '학교' '학원' '솜이–함께 사는 강아지' '친구' '지갑–97,400원이 있는 지갑'이 그것들입니다. 그 중 둘만 뽑으라면 '딱지'와 '지갑'이라고 합니다. 열심히 놀고 열심히 계절을 보낸 후 2학년이 되면 그때는 1학년 동생을 맞이할 '덩치 값'(?) 하는 초등학생 티가날 것 같습니다. 하지만 아직은 어린애 같은 유준 님의 당신은 누구일까요? 竹지

당신 43

김최이안

고양우리학교 4학년

당신은
편하다. 좋다
너무 오래 지루하게 밖에 나가 있으면 들어가고 싶다
당신에게 있으면 아침에 엄청 나가기 싫다.

당신 이름을 들으면
방, 신발장, 창문이 떠오른다.
창문 있는 방으로 가고 싶어서 신발을 벗으면
곧바로 편안해진다.

김최이안 님은 초등대안학교 '고양우리학교' 4학년입니다. 엄마 아빠 성을 하나씩 고루 가져다가 쓰기 때문에 이름이 네 글자입니다. 밖에서 몸으로 노는 것보다 안에서 마음으로 노는 걸 더 좋아합니다. 도서관에 와서 책을 읽기 시작하면 누가 불러도 모를 정도로 책 속으로 혼자 깊숙이 들어가 있습니다. 도서관에서 만난 동네 형. 친구들과 어울리면서 이제 조금씩 몸으로 노는 걸 즐기기 시작했습니다. 이안 님의 꿈은 '슈퍼 주인'과 '만화가'입니다. 필요한 건 뭐든 돈 안 내고 그냥 공짜로 가져다 쓸 수 있는 '슈퍼 주인'이 몹시 부럽다고 합니다. 그러고도 또 해보고 싶은 건 '만화가'라고 합니다. 둘 다 하고 싶은데 어쩔까 고민 중이라 하길래, '슈퍼 주인 하면서 만화를 그리는 사람'이 되는 방법을 찾아주었습니다.^^ 장래 슈퍼 주인이며 만화가인 이안 님의 당신은 누구일까요? ⌂

당신 44

이승희

시냇가 · 승택과 호택 엄마

잠들지 못해 아팠던 수많은 나날
불면의 밤을 견디고 나면
내 얼굴엔 피로의 꽃이 피어난다.

내가 예쁘지 않은 건 그 이유일 거다.

점점 더 심각하게 예뻐지지 않는 나를 구하기 위해
당신을 만났다.

포근하진 않지만 견딜 만큼 견고한
당신의 딱딱한 몸
그 몸을 베개 삼아 나를 맡겼다.

달콤하진 않지만 세상 시름 잊게 한
당신의 풍성한 이야기
그 입담에 빠져 잠을 잘 수 있었다.

당신은 그렇게 나를 잠재웠다.
단 몇 분 만에!

이제 나는 필요할 때마다 당신을 만나고
그때마다 밤을 즐긴다. 잠을 즐긴다.
깊은 고요를 즐긴다.

이승희 님은 동네 도서관 지킴이입니다. 책 보러 오는 사람, 얘기하러
오는 사람, 사람 만나러 오는 사람, 다 모두 좋아하는 그의 별명은 '시
냇가'입니다. 흘러가 버린 시냇물이 아니라, 흐르다 멈추게 하는 자리,
'시냇가'라는 별명을 지어준 아이들에게 무척 고맙다고 합니다. 불면증
으로 밤을 지새우는 시냇가 님의 당신은 누구일까요? ⊩

당신 45

황유주

푸 · 준한 엄마

당신보다 더
희생적인 삶을 사는 누군가가 있을까요

가만있어도 40℃에 육박하는 더운 여름날
100℃를 넘나들며,
힘든 삶을 박차고 일어서려는
어쩌면 당신보다 더 편하게 사는 이들을 위해
당신은 오늘도 그렇게 펄펄 끓고 있군요

손만 나와도 꽁꽁 얼 것 같은 겨울날
겨우 추워봤자 손과 발만 시려우면서
그것도 따뜻한 집에 가면 행복해지면서
그래도 힘들다고 쩔쩔매며 일어서려는
어쩌면 당신보다 더 편하게 사는 이들을 위해
당신은 오늘도 그렇게 펄펄 끓고 있군요

그래요
당신의 열정으로

이 세상 많은 이들이 행복하고 편안해지고 있군요

그런 당신께
약속하고 싶어요

튜브 터지게 하지 않을게요
철 수세미로 너무 아프게 하지 않을게요
건더기 걸리게 하지 않을게요

사랑과 희생으로
일생을 마감하는
당신!

고맙습니다!!
당신의 희생에 비해
저의 약속은 너무 보잘것없지만

그래도
믿어주세요
영원히
팔팔 끓도록
힘이 되어 드릴게요

황유주 님은 동네 스타입니다. 동네 엄마들 뮤지컬 동아리 '바스락'의
공연에서 활약을 펼친 덕에 아빠 팬들도 많습니다. 별명은 '푸'인데 책
속 주인공 '곰돌이 푸'를 연상하시면 됩니다. 일터는 동네 '서화한의원'
인데 손님들에게도 친절해서 고객 팬도 있습니다. 최근에는 동네밴드
'봄날은 온다'에서 기타리스트로 혼신의 힘을 다해 연주하고 있습니다.
도서관 조합원이기도 한 '푸'는 기계나 컴퓨터를 다루는 솜씨가 출중해
서 도서관에 문제가 생길 때마다 '어떡하지?' 하면 5분 안에 달려와 손
봐 줍니다. 한여름. 약탕기 앞에서 동네 사람들 건강을 위해 진땀 흘려
가며 약을 뽑아서 그런지 요즘 약간 살이 빠졌습니다. 젊은 시절 한 미
모 했는데, 아이 낳고 점점 모호한(?) 외모로 변해가면서 엄마인지 아빠
인지 사람들이 헷갈려 합니다. 그러나 '푸'는 예쁜 준한이 엄마로 기억
되길 바라는 것 같습니다.^^ 팔방미인 '푸'를 만나시면 '준한이 아빠이
신가요?' 묻지 마세요. '푸'는 섬세한 감성을 지닌 '준한이 엄마'랍니
다. '푸'의 당신은 누구일까요? 「황유주」

당신 46

문용식

곰치 · 하겸과 하덕 아빠

한평생을 함께 살았는데
그동안 내가 너무 소홀했나 봐
이제 와서 후회해 보지만 어쩔 수가 없네
누군가, 있을 때 잘하라고 그랬지
맞아, 그 말이 정답이었어.

조금 소홀하게 대해도
당신은 평생 안 떠날 줄 알았지
나에게만은 문제가 없을 줄로 믿었어
그런 게 자만이었나 봐, 아무 근거도 없는……

당신이 나를 지켜주는 게
당신이 나를 보듬어주는 게,
얼마나 좋은 일인 줄을 그때는 몰랐어
당신을 너무 당연하게 생각한 거야, 바보같이

당신, 미안해

내가 당신을 너무 함부로 대했어
당신이 야위어지고 약해지기 전에,
내 곁을 떠나기 전에
진작부터 소중하게 대해줬어야 했는데
당신이 떠나려는 지금, 후회밖에 안 남네……

아마도 주변에서 놀랠 거야
안타까워하기도 하겠지
언제 당신으로부터 버림받는 꼬라지가 됐냐고
그러나, 한번 맘이 떠난 당신은
절대 돌아오지를 않겠지.

당신이 포근하게 나를 감싸줄 때의 그 느낌,
나에게도 그런 순간이 있었음을 추억으로 간직할게
많이 그리워할 거야
안녕!

문용식 님은 별명이 두 개로 불렸습니다. '곰취' 혹은 '곰치'. 원래 '곰취'였는데 상상력이 너무 풍부한(?) 몇몇 사람이 물고기 '곰치'인줄 알고 그렇게 부르다가. 점점 '곰치'가 되어가고 있습니다. 동네의 책 읽는 동아리 '책바람' 회원으로 모임에 자주 나타나지만, 그때마다 하는 말이 있습니다. "번번이 책을 잘 못 읽어와서 매우 미안합니다"라며 사과를 합니다. 하겸과 하덕 두 아들이 있는데, 교육에 너무 무관심하고 방치(?)해 키운 것 같아 후회하고 있다 하네요.^^ '동네'에서 '동네 이웃과' '동네 사람'으로 노는 재미를 맛본 후. 지금 그의 하루는 매우 바쁩니다. 어두운 고양시를 달빛과 별빛에 의존해 걷는 모임에도 나가고, 책 읽는 모임에도 나가고, 세상은 협동조합, 사회적 경제, 마을공동체, 로컬푸드 등 지역 풀뿌리에서부터 거대하게 바뀌고 있음을 절감하고, 이를 지원하는 지역 연구소로 〈사회네트워크 '함께 살자'〉를 준비 중에 있습니다. '곰치' 님의 당신은 누구일까요? 미다지기

당신 47

박민희

지구별 · 금비 엄마

우리의 첫 만남은 어린 날의 순수
매일 당신 앞에 와 앉아 이야기 나누는 것이
나의 일상이고 즐거움이었던 시절
당신은 늘 조용했고 한 치의 미동도 없었지만
나에게만은 예외
언제나 내 말에 대답해주었어
함께한 7년……
이별은 늘 갑자기 다가오는가
당신을 만난 지 8년째 되는 어느 날
입을 굳게 다문 당신을 바라보며
속으로 슬피 울었지
침묵의 세월은 흘러
어느 밝은 봄날 난 당신 앞으로 조심히 다가갔어
21년 만의 마주 봄……
아름다운 봄빛 아래 당신은 드디어 침묵을 깼고
내 마음은 환희 속의 좌절
힘겹게 다시 시작한 당신과 보낸 2년

그 사이사이 우리의 이야기는 더욱 풍성해졌지
매일 당신을 찾아가
당신의 풍요로운 노래 위에 나는 춤추고
내 격렬한 몸짓으로 당신이 뱉어내는 열정의 소리
나의 부드러운 움직임은 속삭이는 당신을 더욱
달콤하게 하지
어리고 여린 시절 나를 품어주었던 그 모습으로
당신은 변함없이 내 곁에 사랑의 모습으로 남아

박민희 님은 동네 공동육아 공동체 '도토리어린이집'에 여섯 살 난 딸 금비를 보내고 있습니다. 금비 아빠는 동네에 소문난 애처가 덩이(황진하)입니다. 별명이 '지구별'인 그는, 남편의 사랑을 듬뿍 받아 그런지 늘 행복한 얼굴입니다. '지구별'은 동네살이를 시작하면서 도토리어린이집 조합원일 때 생긴 별명입니다. 그 이전까지는 '행복한 웃음'이라는 별명으로 불리었는데, 그 별명도 무척 좋아했다고 합니다. 자연 속에 동화되어 그 속에서 영감 받으며 상호 치유되길 열망하여 원예치료사의 길을 택하기도 하였습니다. 현재는 음악과 함께하는 삶에 깊숙이 빠져들어 피아노, 장구와 같은 악기 다루기에 관심을 쏟고 있습니다. 음악을 들으면 가슴이 뛰는 현상이 아직도 시들지 않고 있어서 다행이라고 생각한다네요.^^ 21년 만에 다시 치기 시작한 피아노가 지금 그의 심장을 요동치게 하고 있답니다. 그래서인지 지구별의 꿈은 '음악과 향기가 가득한 아름다운 삶을 살아가는 것'이고, 그 꿈에서 더 나아가 '아름다운 음악과 향기를 만들며 함께 살아가는 것'이 꿈이라고 합니다. 이웃들과 공동주택을 만들어 함께 살기 위해 작업을 진행 중인 지구별 가족. 아름다운 향기를 만들어 내는 그의 집이 더욱 궁금해집니다. '지구별'의 당신은 누구일까요? 글·연우

당신 48

'수상한 수학' 회원 공동작

20년 만에 만난
반갑다, 친구야!
그때는 안 친했지.
아니 오히려 두려웠어.
너를 보면 뒷걸음질 쳤어.

20년이 지나 우연히 만난 너!

너는 멀리 있지 않았어
집에도 있었고
거리에도 있었고
늘 내 몸 안에 있었어.
너무 가까이 붙어 있어서 전혀 몰랐나 봐.

지금 너는 감탄사를 연발하게 해.

줴냐, 뻬자, 지마, 안드로샤…… 너를 사랑하는

아이들을 찾아 러시아도 가고
탑을 쌓으러 하노이에도 갔어.

돌고 돌아 제자리,
위에 있던 내가 한없이 걷다 보면
결국 아래에 있는 너와 다르지 않다는 걸 일깨워 준
뫼비우스를 만나고

길 건너 있는 내 꿈을 만나기 위해
신호등 두 번 받고
직각으로 꺾어 모퉁이를 돌아야 할 때,
빗변으로 가는 지름길을 알려준
피타고라스도 만났어.

이제는 너를 잘 알지 못해도,
혹은 모른 채 너를 만나도,
편하고 좋더라.
더 이상 두렵지 않은 너
네 손을 꼭 잡고 세상을 읽으려 해

'수상한 수학' 동아리는 금요일 아침에 모이는 모임입니다. 도서관이 처음 문을 열었을 때부터 시작했으니 5년째입니다. '수학'이라는 대상을 한번도 쉽게 여겨보지 않은 어른들이 모여 공부를 합니다. 명화를 통한 수학 찾기, 영화 속 숨은 수학 찾기, 수학 병원, 인문학·철학으로서의 수학 만나기 등 다양한 형태로 수학을 맛보고 있습니다. 수학 공부를 한다고 해서 장바구니 계산에 해박해지는 것도 아니지만, 세상 어디에나 있는 수학을 깨닫는 기쁨과, 그 세상에서 살아가는 자신을 깨닫는 기쁨을 얻기 위해 모이는 겁니다. 강독형식으로 진행되는 모임이라 책을 미리 읽어 올 필요도 없습니다. 수학 공식을 몰라도 됩니다. 읽으면서 수다 떨면서 수학을 이해하고 세상 이치를 이해하는 모임이니까요. 지금은 '수상한 수학 영화관'이라 해서 영화 보기를 겸해서 하는데, 한 주는 책을 읽고, 한 주는 영화를 봅니다. 학창 시절, 수학에 애정을 다 쏟지 못해 아쉬웠던 분, 두려워서 꺼렸던 분들이 모여 있어서 이야기는 늘 종횡무진 활발하게 튑니다. 수상한 수학 동아리의 당신은 누구일까요? '영수 향상수' 회원일까요

당신 49

백남석

빵빵 · 자동차병원 '프로카월드' 운영

나는 오늘도
당신을 위해 출근을 했다.
커피향이 너무 좋아
커피 향에 취하고 나니
당신이 온다.

당신 오는 소리가 아픈 것 같다.
당신의 덜그럭 소리가 요란하다.
당신은 기분이 안 좋은 것 같다.

나는 당신의 그 덜그럭 소리가 너무 반갑다.

나의 손길에 의해서
당신의 소리가 너무너무 고요해진다.

당신의 아픔을 털고 가는 뒷모습을 바라보니
나는 행복하다.

내 손에 남긴,
당신이 발라준 검정 매니큐어……
나는 기분이 좋다.

백남석 님은 자동차 전문가입니다. 그래서 별명도 빵빵입니다. '프로카월드'라는 이름으로 자동차전문병원을 운영하고 있습니다. 어딜 가나 자동차수리센터는 다 있지만 '프로카월드'는 조금 다릅니다. 십오육 년 전부터 동네와 인연을 맺고 꾸준하게 활동하고 있습니다. 동네 어린이집에도, 초등 방과후교실에도, 동네 도서관에도 수익금의 일부를 이웃을 위해 나누어 줍니다. 행신동 사람들은 자동차에 문제가 생기면 백남석 님께 전화부터 합니다. 먼저 전화로 상담을 하고, 그의 진단이 내려지면 움직입니다. '누구네인데요~'라고 통화하면 그 '누구네'의 차 상태를 직접 보지 않아도 훤히 꿰뚫고 있어서 굳이 차를 수리센터까지 몰고 가지 않아도 됩니다. 그러다 보니 자동차가 아파서 가는 곳인데, 이제는 미리미리 문제를 예방하는 곳으로 바뀌었습니다. 더 오래, 안전하게 탈 수 있는 비법을 동네 사람들에게 알려 주는 빵빵 님의 당신은 누구일까요? 이편 자동차

당신 50

힘센이 · 진화와 태호와 태현 아빠
한양문고 행신점 팀장

가도 가도 끝이 없고……
해도 해도 끝이 없고……

가다 보면 알게 되고……
하다 보면 알게 되고……

진정함은……
봄, 여름, 가을, 겨울에 부는 바람인 것을……

두 손 모은 끝자락부터 내 영혼 깊은 곳까지
흘러 넘침이 시작이요……

내 영혼의 삶이요!
내 영혼의 살이요!
내 영혼의……

장경환 님은 동네에 있는 유일한 서점, '한양문고' 식구입니다. 한양문고는 여러 곳에 지점을 두고 있는데, 이곳 행신점에서만 10년 넘게 일하고 있습니다. 80평 남짓 공간에 빽빽하게 책을 진열해서 책 냄새가 물씬 나지만, 그 공간 안에 작은 쉼터를 만들어 동네 사람들에게 여유로운 시간을 찾게끔 제공하고 있습니다. 따끈한 커피가 항상 마련되어 있고 작은 테이블도 있어서 책을 사러 왔다가 책을 읽고 갈 수도 있습니다. 서점 이상의 의미로 남고 싶어 한양문고 행신점의 특색을 꾸준히 이어가고 있는데, 학생과 부모 사이에서 '정서적'으로 소통을 도와주는 전달자 역할을 하는 것이라 합니다. 서점으로서는 큰 공간이 아니어서 책을 더 들여놓는 게 급할 터인데, 서점 한 가운데 운동장처럼 여유를 내어 책 대신 차 마시는 쉼터를 만들어 운영하는 것은 그런 의미 때문일 것입니다. 동네 도서관에서 진행하는 행사도 함께하는 따뜻한 서점입니다. 엄청 젊어 보이지만 실은 2년 터울로 아이 셋을 키우는 세 아이의 아빠입니다. 세 아이에게는 "넌 특별하단다, 넌 최고란다"라고 자주 얘기하는데, 그 말 속에는 '네 삶은 네 것이지만 힘들 때나 어려울 때, 외로울 때나 낙심될 때, 나 자신의 소중함을 깊이 생각'했으면 하는 바램이 들어 있다고 합니다. 그런 힘센이 님의 당신은 누구일까요? 삶

당신 51

김여정

가람중학교 3학년

당신은 나의 황금 같은 시간이죠
내 피로를 덜어 주죠

당신은 나의 황금 같은 시간이죠.
내가 하고 싶은 일을 할 수 있게 만들어 주죠.

당신의 나의 황금 같은 시간이죠.
내가 한 주의 시간을 돌아볼 수 있게 해 주죠.

당신은 나의 황금 같은 시간이죠
내게 다시 돌아오는 시간을 계획할 수 있게 해
주죠.

늘 고마워요.

김여정 님은 동네에 있는 가람중학교에 다닙니다. 올해 3학년으로, 중학교 시절의 마지막을 보내고 있습니다. 도서관에서 봉사활동을 열심히 하는데, 주로 동네 카페극장인 '동굴'의 커피머신을 책임지고 있습니다.^^ 커피 내리고 나면 커피 찌꺼기가 만만찮게 많은데 그걸 깨끗이 설거지해 줍니다. 얼굴이 하얗고 예쁘장한데 마음까지도 어여쁜 청소년입니다. 동네 카페극장 '동굴'에서 차를 드실 때는 김여정 님의 수고를 기억하며 드셔주세요. '동굴' 카페의 커피머신을 책임지는 김여정 님의 당신은 누구일까요? 답주

<hr>

당신 52

코알라

당신의 이름을 불러 본 지가
어언 15년이 지났다.
15년 전 그때는
당신의 이곳저곳을 누비며
자연과 우정 그리고 사랑도 배웠는데.

15년 만에 다시 만난 당신은
나에게 끊임없이 도전해 보라고 한다.
15년 만에 다시 우정 그리고 사랑을 배워보라며,
그리고 그동안 돌아볼 생각조차 하지 않았던
나에게 집중하라고.

15년 만에 다시 만난 당신 덕분에
내 방 벽 너머 누가 사는지
지난 밤 어질러진 길은 누가 치웠는지

당신 곁에 아픈 사람은 없는지

새삼 궁금해진다.

오랜만에 다시 만난 당신과 내가
앞으로 15년 동안은 헤어지지 말기를
나를 있는 그대로 내어놓은
가장 솔직한 모습으로
당신을 마주할 수 있기를
당신 안에서 당신과 함께 숨 쉬며
당신을 더 알아가기를
조심스레 바래본다.

신지혜 님은 꽃다운 이십대 청년입니다. 별명은 '코알라'인데 '평화캠프'에서 활동하고 있습니다. 이제 막 동네에 이사 온 새 식구입니다. 사람들과 함께 하는 일, 더욱이 어렵고 힘든 이웃과 함께 하는 일을 꿈꾸며 평화캠프에서 일하고 있습니다. 사무실이 동네 도서관 '재미있는 느티나무 온가족도서관' 옆이라 도서관 활동을 짬짬이 돕고 있습니다. 도서관이 운영하는 동네방과후에서 목요일에 하는 놀이 수업을 함께 하고 있는데, 이날은 보드게임과 놀이를 통해 '평화'를 만날 수 있게 합니다. 멀리 부산에 사는 남자친구를 자주 못 보는 아쉬움을 빼고는 행신동 동네살이가 참 재미있다고 합니다. 동네에 온 이후로 우쿨렐레도 배우고, 그 우쿨렐레를 인연으로 이웃 사람들과 공연도 하고…… '코알라' 같은 청년이 살아 움직이는 동네는 훨씬 활기차겠죠? 새 식구가 된 동네청년 '코알라'의 당신은 누구일까요? ㅐ·공

당신 53

김용란

보리 · 미루와 아루 엄마

어데까지 왔노
안중안중 멀었네

어데까지 왔노
산마루 샘물 지나
산등성이 곰 굴 앞 기웃기웃,
동산 건너왔네

어데까지 왔노
초록 물결 일렁이는 보리밭 질러왔네

어데까지 왔노
졸졸졸 시냇가 지나
개구리 울어대는 연못까지 왔네

어데까지 왔노
모락모락 꿀떡에 시큼털털 막걸리,

세간 밑천이라는 맏딸 울 언니
가슴 설레게 하는
앙금앙금 앙가락지 파는
시장 골목골목, 동네방네 구경하다
삽작거리 왔네

어데까지 왔노
우리 아기 맘마 먹고
새근새근 잠든 구들목에 왔네

이제 다 왔다,
눈 떠라 번쩍!

우리가 다 지나온 이곳, 당신은 누구?

'보리'님은 영화 스크린에도 얼굴을 비춘 주류배우(^^)입니다. 이창동 감독의 영화 '시'에서 '시'를 배우기 위해 강좌를 듣는 동네 사람으로 나왔습니다. 큰 화면에 혼자 '풀샷'으로 나와 대사도 길게 했으니 조연 중에서도 주연급 조연인 셈입니다. 연기에 대한 꿈을 잃지 않으며 동네 에서는 뮤지컬 동아리인 '바스락'에서 활동하고 있습니다. '바스락'은 ' 바람처럼 스며드는 즐거움'이란 뜻을 가진 이름입니다. 바람처럼 스며 드는 즐거움 때문인지 한 해 두 해 바스락 엄마들의 연기가 전문가들 못지않게 감동을 주고 있는데, '보리'도 그 몫을 톡톡히 하는 '끼' 많은 사람입니다. 초등생인 미루'와 어린이집에 다니는 '아루'의 엄마로서, 출판사 '보리'의 편집인으로서 바쁜 하루를 보내고 있지만, 일주일에 한 번 모이는 동아리 '바스락' 덕분에 나날이 젊어지고 있습니다. 출판 사 '보리'에 다니는데다 맥주도 좋아하고, 보리쌀처럼 구수한 맛이 있 어 별명이 '보리'인 그녀의 당신은 누구일까요? 답을 찾는 여러분을 위 해 살짝 귀띔을 드리자면, '바스락' 동아리 회원들 별명은 '샘물' '초록 이' '보리' '걸리나' '꿀떡' '밑천' '맘마' '푸' '설레임' '아롬이' '시 냇가입니다. '부지깽 콩알이 '바스락'

당신 54

구절초

큰 머리 짧은 다리 4등신
온 우주를 담은 눈망울로
내게 찾아온 너

온몸이 가려워도 코가 막혀도
질긴 인연은 너와 날
갈라놓지 못하네

네 외로움 내 외로움
네 아픔 내 아픔
뼈다귀로 나누는 대화

다음 생엔……
같은 모습으로 태어나
마음껏 사랑하고 싶은 너

124 우리 동네 당신

남영희 님의 동네 별명은 구절초입니다. 음력 9월 9일에 태어났는데, 가을꽃 구절초처럼 쓰임이 좋은 야생화가 되고 싶어 그런 이름을 갖게 되었습니다. 비행 소녀 시절 만난 비행 소년과 결혼해 1남 1녀를 낳았고 뒤늦게 하나 더 낳아 함께 살고 있습니다. 얼마전 문화복합공간 공유를 위해 '오쉬-오늘은 쉬어야지' 북카페를 열어 운영하고 있습니다. 북카페 오쉬는 항공사 승무원 출신인 구절초가 시간 여행, 공간 여행, 추억 여행 등 여행을 컨셉으로 만든 공간입니다. 다양한 강좌와 문화컨텐츠로 이웃에게 사랑 받고 나눔을 함께 하길 소망하는 구절초 님의 당신은 누구일까요?. 됩니세요 향어저 '봄내'

당신 55

노태진

두바퀴·호연 아빠

당신은 나에게 아무것도 없는 깨끗한 흰 종이였습니다.

무엇이라도 그릴 수 있다는 것이 좋았습니다.

우연히 만난 흰 종이 위에
중요한 그림을 벌써 몇 개 그렸습니다.
앞으로 그려 나갈 그림도 과연 어떠할지 기대됩니다.

당신은 젊고 생기 있으며, 유쾌하고 재미있습니다.
당신과의 관계는 좀 더 길게 생각해도 좋을 것 같습니다.

노태진 님의 별명은 '두바퀴'입니다. 서너 해 전, 동네로 이사 오고 처음으로 동네 사람들 만나던 날, 한자리에 모인 사람 중 가장 젊었고, 그 나이 차이가 띠로 두 바퀴를 돌아서 그때부터 '두바퀴'가 되었습니다. "삶의 방식이 곧 건강이다"를 서화한의원에서 이야기하며 약보다는 밥상의 중요함을, 밥상보다는 일상의 마음가짐을 소중하게 챙기라고 권하는 동네 한의사입니다. '두바퀴'라는 별명처럼 젊은이인 그는, 그 젊음 때문에 동네에서 해야 할 일도 많습니다. 그러나 그걸 귀찮아하지 않습니다. 오히려 즐깁니다. '동네와 함께 하는 것', '세상과 함께 하는 것'을 꿈꾸며 아프지 않은 사람이 많아지기를 바라는 '두바퀴'의 당신은 누구일까요?   우리 동네 형신공